메마른 빛 아슬한 방울

메마른 빛, 이슬 한 방울 ~ 에필로그

초판 1쇄 발행 | 2016년 8월 20일

지은이 ⓒ 케얄 2016
일러스트 ⓒ 니시 2016

교정교열 | 문보람
총괄 디자인 | 니시
표지 편집 | 서유미

펴낸이 | 김혜랑
펴낸곳 | 메르헨 미디어
등록일자 | 2012년 6월 27일
등록번호 | 제 2012-000141 호
ISBN 979-11-87199-67-0 04810 (세트)
메마른 빛, 이슬 한 방울 6권+에필로그 정가 : 14,000원

nabinovel@nabinovel.net
http://nabinovel.net

메
까른
빛
글 케얄
그림 니시

아슬
한
방울

~에필로그~

나비노블

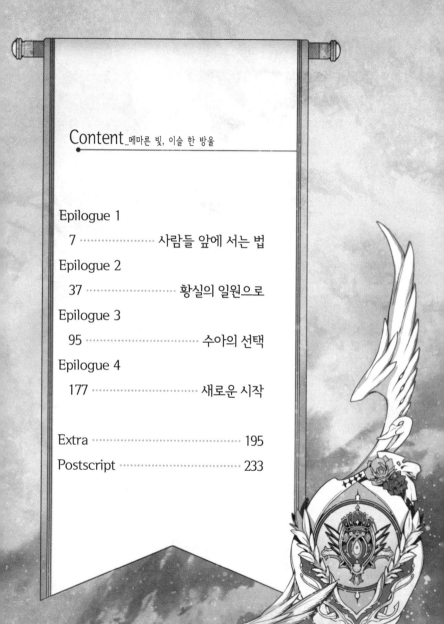

Content _메마른 빛, 이슬 한 방울

사람들 앞에 서는 법

No. 1
Epilogue

"전 세계 모든 신전에 신탁이 내렸습니다."

실바코프가 말했다. 그 선언 아닌 선언에 수아와 하르페니언은 잠시간 반응을 하지 못했다. 수아는 그게 무슨 뜻인지 잘 알지 못했기에, 하르페니언은 너무나도 잘 알았기에.

먼저 입을 연 건 하르페니언이었다.

"무슨 내용의?"

"뭐겠습니까?"

실바코프가 씨익 웃었다.

"신의 시련을 통과한「영웅」에 관한 이야기죠. 사실 제국의 황태자에게 내린 건 저주가 아닌 세계를 구원하기 위한 시련일 뿐이었다고."

"……그 내용이, 전 세계 모든 신전에 신탁으로 내렸다고?"

"네, 전하."

실바코프의 우아하기까지 한 대답에, 하르페니언은 다시 말을 잃었다. 황제가 그가 복귀할 방도를 마련해놓았을 거라고는 생각했다. 하지만 신탁이라니. 이런 식이라고는 전혀 예상하지 못했다.

기가 찼다. 모든 신전에 신탁이 내린다는 건 전례가 없는 일임은 물론 있을 수도 없는 일이었다. 신탁이라고 함은 딱 한 군데의 신전, 그것도 대신전에 내리는 것이다. 신마전쟁 이후 몇 번의 신탁이 내렸지만 모두 그러했다.

"아, 혹시나 하여 말해드리자면 황제 폐하는 모르셨습니다. 여러 준비가 무용지물이 됐겠지만, 오히려 기뻐하고 계시겠지요. 이쪽이 더 확실하니까요."

"……신이, 그런 거짓 신탁을 내려도 되나?"

"거짓 신탁이라뇨, 전하. 중간에 여러 이야기가 생략되긴 했습니다만, 결과만 따지면 맞는 소리 아닙니까."

실바코프는 여전히 싱글생글 웃으며 말했다.

"전하는 무사히 시험에 통과하셨고, 그 결과로 세계가 구원받은 것이 사실입니다. 전하 덕에 이곳의 신도 어느 정도 힘을 회복해 앞으로는 꽤 여러 가지 일이 가능해졌습니다. 이제 곧 마신이 탄생하여 이 세계도 안정이 되겠지요. 그러니 전하의 과거에 보상을 하지는 못해도, 미래는 보상을 해드려야죠. 신탁으로 저주가 시작되었으니, 신탁으로 그것을 끝내는 게 맞지 않겠습니까?"

신은 그들의 피조물들을 한없이 사랑한다. 당연히 제물이니 희생양이니, 세계를 유지하기 위한 희생을 기꺼이 여길 리가 없었다. 단지 이제까지는 능력 부족으로 어쩔 수 없었던 것뿐이다.

그런데 그 사슬이 끊어졌다.

지금껏 보살피지 못했던 것까지 베푸는 것이 당연했다. 이제부터 하르페니언에게 따라붙는 수식어는 신의 저주가 아닌 신의 축복으로 바뀔 것이었다.

"모든 신전에, 알이 받은 것이 저주가 아니라 시련이라는 내용이 신탁이란 걸로 내려왔다는 말이죠? 알이 그 시련을 견뎌 세계가 구원받았다고?"

하르페니언의 옆에 앉아 있던 수아가 말했다.

"그럼 잘된 거 아니에요? 굳이 해명할 필요도 없겠네요?"

"바로 그거지, 아가씨."

확실히 잘된 일이긴 했다. 굳이 말을 만들고 소문을 퍼뜨리려 애쓰지 않아도 신탁보다 더 확실한 증거는 없을 터. 황제가 아무리 계획적으로 준비를 했다 해도 그와는 비교할 수 없을 정도로 훨씬 더 영향이 클 것이다. 황궁이, 제국이, 더 나아가 전 세계가 발칵 뒤집히겠지.

분명 이것저것 정신이 없어지겠지만, 동시에 가슴이 두근거렸다.

이제 정말로 황태자로서 살아갈 수 있게 된다. 황족으로서, 하르페니언의 이름을 가진 한 사람으로서.

"하루라도 빨리 돌아가야겠군."

"뭐, 조금 늦게 가져도 크게 차이는 없을 겁니다. 신탁이라는 확실한 증거가 있는 이상 섣불리 움직이지 못하고 서로 눈치만 보고 있을 테니까요."

"그렇다고 너무 늦어도 안 돼. 신탁이 내린 건 언제지?"

"전하의 저주가 풀렸던 그 순간이죠."

그 소리에 하르페니언은 실바코프를 쳐다보았다.

"잠깐, 그럼 이틀 전이라는 소린데."

"그렇습니다."

"왜 진작 이야기해주지 않았나."

수아와 하르페니언은 저주가 풀린 후, 이틀간 시작과 끝의 신전에서 머물렀다. 수아가 미열이 나기도 하는 등 여러모로 휴식을 취할 필요가 있었기 때문이다. 그러나 초조하게 그들을 기다릴 이들도 걱정되어 슬슬 신전을 나가고자 짐을 챙기고 있는데, 실바코프가 어떻게 알았는지 찾아온 차였다.

"말씀드렸잖습니까? 조금 늦게 가져도 큰 차이는 없을 거라고. 그리고 휴식을 취하시는데 굳이 말씀드려봤자 방해밖에 더되시겠습니까."

어떤 생각으로 지금에서야 이야기를 꺼냈는지 알 것 같긴 했다. 확실히 그때 바로 들었다면 지금처럼 편안한 마음으로 쉬기는 힘들었을 터였다.

하지만.

"그 판단은, 앞으로는 그냥 나에게 맡겨줬으면 싶군."

하르페니언의 말에 실바코프가 씩 웃었다.

"하긴 그렇군요."

시험은 끝났다. 이제 더 이상 저주라는 것에, 신의 뜻이라는 것에 쫓기듯 따르지 않아도 된다. 이제 하르페니언은 아무것에도 얽매이지 않고 자신의 일을 스스로 판단하고, 움직이고, 행동할 수 있었다.

"그럼 제안을 드리죠. 먼저 근처 작은 마을에서 하루 이틀을 더 쉬시며 컨디션을 회복하신 후, 큰 도시에서 사람들 사이를 돌아다녀 보시는 건 어떻겠습니까? 황궁으로 귀환하는 건 그 후로 하시고요."

"사람들 사이를?"

"네. 전하는 어릴 때 대인공포증에 시달리지 않으셨습니까? 그러니 황궁에 들어가시기 전에 한번 시험해보시는 게 낫지 않을까 생각했습니다."

그 말에 하르페니언의 어깨가 작게 떨렸다. 수아는 깜짝 놀라 그를 바라보았다.

"너……."

"어떻게 알았느냐고요? 말씀드렸잖습니까. 저는 계속 지켜봐왔다고요. 애초에 그걸 의지로 극복하셨을 때부터 보통내기는 아니라고 생각했습니다만."

언제였더라, 사람들이 많은 장소만 보아도 온몸의 피가 식고 눈앞이 가물거릴 때가 분명 있었다.

거리를 다니다 몇 명을 「저주」로 죽인 후였다. 길을 걷다 기절할 뻔한 적도 한두 번이 아녔다.

그게 언제부터 괜찮아졌을까. 아니, 사실 그걸 괜찮아졌다거나 극복했다고 표현할 수 있는지는 잘 모르겠다. 그저 그가 사람이 많은 곳을 필사적으로 피하게 되고, 그사이 키가 자라고 성장하게 되자 주변에서 어린아이로 보고 쉽게 접촉하는 일이 사라졌을 뿐이었다. 당연히 그 또한 사람을 피하는 것에 능숙하게 되어 설사 바로 곁에 있다 하더라도 여간해선 직접 맨살에 부딪칠 일이 없어졌다. 그러면서, 어느 순간엔가 필요 이상으로 겁을 먹지 않게 되었다.

아마 괜찮을 거라고 생각하면서도 하르페니언은 고개를 끄덕였다.

"그럼 그렇게 하지."

계속 실바코프의 말에 말려 들어가는 것 같아 약간 찜찜하긴 했지만 확실히 한 번 정도 시험해볼 필요는 있으니, 굳이 그 말대로 하지 않을 이유도 없었다.

"그럼 이동에는 당분간 도움을 청해도 되겠나?"

수도와 상당히 거리가 있기에 마차로 간다고 치면 거의 한 달 정도가 걸린다. 그렇게 되면 너무 늦어진다.

다행히 실바코프는 고개를 끄덕였다.

"물론입니다. 마지막까지 지켜볼 수 있게 해주셨으니, 그 대가로 좀 더 도와드리죠."

결국 하르페니언은 근처 작은 마을에서 하룻밤을 쉬며 보낸후, 수도 근처에 있는 큰 도시에서 또 하루를 지내기로 결정했다. 그 후 곧바로 수도로 귀환하면 적당한 시기가 될 터였다.

‿◌◖ ◗◌‿

하르페니언은 작게 심호흡을 했다. 수아는 잡고 있는 그의 손을 더욱 꼭 붙잡았다. 뻣뻣하게 굳어 있는 그의 몸이 느껴졌다.

"알."

대답이 들려오지 않아 수아는 그를 올려다보았다. 하르페니언의 표정은 수아가 아니라 다른 사람이 보아도 긴장하고 있다는걸 확실히 알 수 있을 정도로 굳어 있었다.

얼굴에 있던 붉은색 문신이 없어진 후라서 그런지 표정의 변화가 더욱 뚜렷하게 보였다.

그는 길에 가득 차 있는 사람들에게서 시선을 떼지 못한 채 간신히 대답했다.

"괜, 찮아."

예정대로 작은 마을에서 하루를 보낸 후, 곧바로 이 도시로 이동했다. 수도에서 마차로 세 시간 정도 떨어져 있는 꽤 큰 도시였다.

두 사람은 먼저 여관으로 향해 사람이 가장 많이 다니는 점심과 저녁 사이 때까지 시간을 보내다 마차를 잡았다. 그리고 마부에게 가장 번화간 곳으로 가달라고 요청했다. 얼마 지나지 않아 마차가 선 곳은 시장 입구였다.

그리고 지금이다.

"손님들, 오래는 마차 못 세웁니다."

마부가 재촉했다. 삯을 넉넉하게 줬기에 잠깐 마차 안에 있겠다는 요청에는 흔쾌히 응했지만, 시장 입구라는 건 처음부터 마차를 오래 세울 장소는 아니었다. 시장에 오가는 이들은 왜 마차가 여기에 멈춰 있느냐는 시선들을 던졌고, 몇몇은 대놓고 인상을 찡그렸다. 그 강도가 점점 더 강해지리라는 건 보지 않아도 뻔한 일이다. 계속 이대로 있다간 통행방해로 치안유지대에 신고가 들어갈 것 같았다.

"음."

결국 하르페니언은 작게 침음을 내며 마차 문을 열었다. 아무렇지도 않을 거라고 생각했는데 정작 인파가 눈앞에 바글거리는 걸 보니 진정할 수가 없었다. 심지어 저 안에 자신이 들어가야 한다고 생각하니 더더욱.

하르페니언은 우선 마차에서 내리자마자 몸을 구석으로 붙였다. 평소 버릇대로 반사적으로 피했기에 주변에 있던 사람들은 하르페니언과 거의 부딪치지 않은 채 지나갔다. 기껏해야 옷 위로 살짝 스치는 것이 전부였다.

하지만 이 인파 속에 일부러 들어와 있다는 사실 자체만으로도 긴장이 되는 건 어쩔 수 없었다.

"앗."

수아가 마차에서 내리며 살짝 비틀거렸고, 하르페니언은 반사적으로 그녀의 손을 잡아 마차에서 잘 내릴 수 있도록 에스코트했다. 동시에 누구와 이야기라도 하는지 크게 팔을 드는 동작을 하며 지나가던 남자의 손이 휙 허공을 갈랐다. 하르페니언은 곧바로 피했지만 수아의 손을 붙잡고 있던 상황이기에 크게 움직이지 못했다. 결국 남자의 손끝이 살짝 하르페니언의 뺨을 스치게 됐다.

"어이쿠, 이거 죄송합니다!"

남자가 멋쩍은 듯 꾸벅 사과를 했다.

옆에 있던 남자의 일행이 무슨 팔을 그렇게 크게 휘두르느냐고 핀잔을 주는 소리가 들렸다. 하지만 하르페니언은 그 사과에 무어라고 반응조차 하지 못한 채 멍하니, 그들이 인파 속으로 사라질 때까지 그 모습을 보고 있을 뿐이었다.

"알."

수아가 그의 팔을 잡아당겼다. 동시에 툭, 누군가가 그를 치고 지나갔다.

"하."

하르페니언이 웃는지 우는지 미묘한 얼굴로 수아에게로 한 걸음 다가가 팔을 그녀의 허리에 감았다. 그가 조용히 속삭이듯 말했다.

"……죽지, 않았어."

"네."

그의 품 안에 안긴 수아가 고개를 끄덕였다. 그리고 작지만 단호한 목소리로 답했다.

"저주는 끝났잖아요."

"그렇지……."

"그러니, 괜찮아요."

"그래."

그러는 사이 둘을 내려놓은 마차가 움직이기 시작했다. 길을 가던 사람들이 마차를 피하면서 인파가 더 몰린다.

당연히 하르페니언과 수아도 그 사람들 속에 휩쓸렸지만, 이제 그는 더 이상 사람들을 피하려고 하지 않았다.

"하."

그는 다시 한 번 소리를 냈다. 이번에는 확실한 웃음이었다.

저주를 받은 것은 아홉 살의 생일이었다. 성을 나와 저주를 푸는 방법을 알아본다고 떠돌기 시작한 것은 열 살을 조금 넘겼을 때부터였다.

아무리 검을 지녔고, 남의 접근을 거부하고 있다 하더라도 아직 작은 소년이었던 그에게 성 밖의 사람들은 경계심이 없는 편이었다.

많고 많은 사람 중에는 예고도 없이 그를 쓰다듬는 이가 있었고, 난데없이 놀자며 그를 붙잡고 늘어지는 여자아이도 있었다. 조그만 것이 벌써부터 검을 차고 돌아다니다니 건방지다며 난데없이 주먹으로 그를 내리치는 건달들도 있었다. 그러나 그 의도가 좋든 나쁘든, 그에게 닿았을 때의 결과는 같았다.

방금 전까지만 해도 활발하게 움직이던 몸이 멈추고, 생명이 빠져나간다.

몸이 굳는 그 순간, 체온이 식는 그 순간.

그는 아직도 그 한순간 한순간이 생생했다.

"알, 뭐 해요."

하르페니언은 자신의 앞에서 웃고 있는 자그마한 몸집의 여인을 바라보았다. 그녀는 빙긋 웃고 있었다.

"시장 구경 가요. 그러려고 온 거잖아요?"

수아와 처음 닿았을 때의 기억이 났다. 부드럽고 따뜻했던 몸. 처음으로, 차가워지지 않았던 이.

그녀로부터 모든 것이 시작되었다.

그리고 지금 그것이 결실을 맺었다.

저주는, 풀렸다.

사실은 아직까지 믿어지지 않았다. 아까 그 남자는 비록 지금 당장은 아니라 해도, 그의 눈앞이 아닌 나중에라도 쓰러지는 것이 아닐까? 그 숨을, 멈추는 것이…….

"알."

수아가 다시 한 번 부드럽게 그의 이름을 불렀다.

"……그래."

하르페니언은 자연스럽게 그녀에게 손을 뻗었다. 수아는 당연하다는 듯 그의 팔에 매달리듯 팔짱을 끼었다. 그리고 인파 안으로 들어섰다.

한 발을 뻗기 직전, 약간의 망설임은 있었지만 더 이상 멈춰 서지는 않았다.

하르페니언은 멍하니 앞을 바라보고 있었다. 그 앞에는 공터가 있었지만 실제로 그의 눈은 딱히 무언가에 시선을 고정하고 있진 않았다.

"괜찮아요?"

그는 그제야 시선을 옆으로 돌렸다. 검은색 눈동자가 그를 바라보고 있었다. 하르페니언은 대답 대신 숨을 조금 깊게 내쉬었다. 마치 꿈에서 현실로 되돌아온 듯한 느낌이었다.

그래, 정말로 꿈과 같았다. 사람에게 닿는 것을 신경 쓰지 않고 거닌다는 건, 그리하여 사람의 파도 속에서 계속 몸이 밀린다는 건 정말로 생소한 경험이었다. 그사이 그 누구도 하르페니언에게 부딪혀 목숨을 잃지 않았다.

하르페니언은 정말 미친 듯이 웃고 싶었다. 크게 환호를 지르고 싶었다. 더욱 사람이 많은 곳으로 가 다시 길을 누비고 싶었다.

"하."

그는 다시 작게 웃었다. 평생 그를 옭매던 족쇄가 없어진 기분은 상상 이상으로 홀가분했다.

하지만 이걸 어떻게 표현해야 할지 모르겠다. 아니, 표현이 되기나 할까.

"피곤하진 않아요?"

"글쎄."

수아와 함께 시장을 구경한 것은 겨우 30여 분. 평소라면 이정도는 걷는 것도 아니었을 정도겠지만, 지금은 몸이 축 늘어지는 느낌이었다. 긴장을 심하게 해서 온 피로함일까, 아니면 정말 저주가 풀렸음을 확인한 안도일 뿐일까.

그는 늘어지게 한숨 자고 싶은 것과 동시에, 더 사람들 사이를 거침없이 파고들어 돌아다니고 싶어졌다.

하르페니언은 수아의 어깨에 머리를 기댔다.

"그대도 축제나 야시장 같은 곳을…… 한번 가보고 싶다고 했었지."

"그랬었죠."

"사실은 나도 굉장히 가보고 싶었거든."

수아의 손이 그의 머리카락을 천천히 쓰다듬는 것이 느껴졌다.

"인적이 드문 곳은 지긋지긋해. 장엄하다는 자연 풍경은 질리도록 봤어. 그중엔 사람의 발길 하나 없는 곳도 많았지. 하지만 언제나 사람이 많은 곳에 가보고 싶었어. 귀가 먹먹할 정도로 시끄러운 소리와 몸이 이리저리 치우치는 사이에서 지칠 때까지 돌아다니고 싶었지."

멀리서는 수없이 봐온 광경이다. 실제로 그 안에 있는 사람들이 모두 즐겁지만은 않으리라는 건 잘 알고 있었다. 여기저기 치이면서 길을 제대로 걷는 것조차 어려울 것 같은 모습도 보였다.

그래도 좋으니 한 번이라도 저 안에 들어가고 싶었다. 사람들이 모여 있는 곳이 왁자지껄하면 왁자지껄할수록 그가 있는 곳은 너무나도 조용해서, 하르페니언은 때때로 그 고요에 숨이 막힐 것만 같았다.

"그럼, 함께 가면 되겠네요."

그는 어깨를 기댄 상태 그대로 고개를 들어 그녀를 바라보았다. 수아가 부드럽게 웃고 있었다. 그래, 이제 함께 가면 된다. 더 이상 남은 시간을 잴 필요도 주변에 신경 쓸 필요도 없다. 원하는 시간에 원하는 장소로 갈 수 있다. 무엇을 해도 이제는 상관없었다. 모든 것을 할 수 있었다.

무엇보다도 달콤한 말은 이제 살아도 된다는 사실이었다.

이제껏 자신의 것이 아니라고 생각했던 미래가, 삶이, 생이 손안에 들어왔다. 더 이상 죽을 날을 손꼽지 않아도 된다. 기간이 얼마나 남았는지 뻔히 알고 있음에도 굳이 인지하지 않기 위해 머리를 비우려 노력할 필요도 없었다.

숨을 쉬는 걸 두려워하지 않아도, 어두운 밤을 무서워하지 않아도, 미쳐가는 것을 걱정하지 않고 다른 이와 함께 살아갈 거라고 그리 당당히 선언해도 되는 것이다.

더구나 그런 그의 옆에는 수아가 있다. 그는 이제 사랑하는 여인에게 무엇이든지 해줄 수 있는 기회를 잡았다. 함께하는 미래를, 더 이상 기한을 두지 않고 떠올릴 수 있다.

하르페니언은 더 참지 못하고 수아의 허리에 손을 둘러 그녀를 단단히 껴안았다.

"자, 잠깐만요. 여기 밖인데……."

"조금만."

수아는 당황하는 것 같았지만, 하르페니언이 그 이상의 행동을 하지 않자 딱히 제지하진 않았다. 단지 평소보다 심장이 빨리 뛰는 것이 느껴졌다.

두근, 두근, 두근.

하르페니언은 한참이나 그렇게 자신이 지키려고 했던 그 소리를 들었다.

그래. 만약 다시 돌아간다 할지라도 하르페니언은 같은 선택을 할 것이다.

물론 살아 있는 건 기쁘다. 저주에서 벗어나 비로소 다른 이들과 같은 세계로 들어온 그 감각은 상상했던 것보다 훨씬 더 좋았다. 하지만 지금 이 순간, 다른 이들과 부딪쳐도 죽지 않는다는 걸 인지하고 있는 지금, 수아가 곁에 없다면 그게 다 무슨 소용이었을까.

하르페니언은 천천히 팔을 풀었다. 몸에 열기가 떠돈다.

그녀의 말이 맞았다. 역시 밖에선 이런 접촉을 하지 않는 것이 옳다. 둘만 있는 장소였다면 굳이 자제심을 발휘하지 않아도 되었을 터였다.

"정말."

수아는 아직까지 붉어져 있는 얼굴을 채 감추지도 못했다.

"남이 볼 때는 신경 좀 써요."

이상하게도 그녀는 남들 앞에서 몸이 닿는 걸 심하게 부끄러워했다. 하르페니언은 그걸 이해할 수가 없었다. 그가 싫다거나 그녀의 기분이 나쁜 때라면 몰라도 그것도 아니다. 그러나 굳이 그 이유를 캐물으면서 그녀가 싫어하는 행위를 할 필요는 없었다. 어차피…….

"그럼, 남이 보지 않을 때는?"

그가 웃으며 속삭이자 수아의 얼굴이 더욱더 확 붉어지는 것이 보였다.

"뭐, 뭐예요! 그걸 꼭 말로……."

아무래도 곤란했다. 이렇게까지 사랑스러운 연인에게 더 손을 뻗지 못하다니. 동시에 그는 지극히 만족했다.

그래, 앞으로 그녀의 옆에 있을 사람은 그였다.

하르페니언은 다시 미소 지었다.

"방금 내가 인적이 드문 곳이 싫다고 했지. 하지만 그대와 있으면, 빨리 아무도 없는 곳으로 가고 싶어지는군."

수아는 결국 으, 하고 신음 같은 소리를 냈다가 무어라고 말을 하려고 입을 뻐끔거렸다. 그러다 간신히 입 밖으로 목소리를 만들어냈다.

"와, 진짜……. 알 분위기 너무 변했어요."

"음?"

"문신이 없어졌으니까요. 그 얼굴로 그런 말까지 하다니, 진짜……."

그녀는 말끝을 흐렸고, 하르페니언은 반사적으로 자신의 얼굴로 손을 가져갔다. 하지만 저주의 문신이 있고 없고가 촉감으로 느껴질 리가 없었다. 그는 심각하게 물었다.

"이상한가?"

"네?"

"문신이 있는 쪽이…… 그대의 취향이라든가."

그 말에 수아는 잠깐 눈을 동그랗게 떴다가, 이내 풋 하고 웃음을 터트렸다. 하지만 하르페니언은 농담이 아니었다.

언젠가 수아는 실바코프가 자신의 취향이 아니기 때문에 두근거리지 않는다고 말한 적이 있었다. 그런데 문신이 없어진 자신의 모습이 그녀의 「취향」이 아니라면. 그는 잔뜩 긴장해서 수아의 대답을 기다렸다.

"말도 안 돼요."

수아는 쿡쿡 웃다가 이내 굳어 있는 하르페니언의 표정을 보고

어라? 하며 눈을 크게 떴다.

"잠깐. 왜 그렇게 보고 있어요? 저는 문신이 취향이라서 문신이 없어진 알에게는 더 이상 관심 없어요. 안녕~. 설마 뭐 이럴 거라고 생각한 거예요?"

"아니, 그 정도까진……."

그저 주술로 문신을 새겨볼까 하는, 그런 생각은 아주 잠시 했었다.

"문신이 없어지니까…… 아무래도 좀 딱딱한 느낌이 사라졌다고 해야 할까요? 인상도 부드러워지고, 표정도 더 풍부해진 것 같고……."

그래서 마음에 든다는 걸까 들지 않는다는 걸까.

하르페니언이 초조하게 쳐다보자 수아는 입꼬리를 올리며 확실하게 말했다.

"한마디로, 더 잘생겨 보여요. 제 취향이에요. 됐죠?"

그 소리에 하르페니언의 표정이 눈에 띄게 풀렸다. 수아는 그걸 보고 귀엽다는 생각을 하면서도 좀 어이가 없기도 했다. 지금 더 안절부절못해야 하는 건 오히려 수아 쪽이 아니던가. 아무것도 가진 것 없는 이계의 여자와 이제 모든 걸 가지게 된 제국의 차기 황제.

"그리고, 그건 제가 물어봐야 하는 것 아닌가요?"

"음?"

"저는 알 취향이에요?"

별생각 없이 물어본 말이었다. 사실 쪽 빠진 미인도 아닌 그녀가 그의 취향일 리는 만무했다. 물론 어차피 이렇게 된 이상 취향이든 아니든 상관은 없다. 세상에 이상형과 사는 사람이 얼마나 될까.

하지만 하르페니언은 그 소리에 곧바로 고개를 끄덕였다.

"당연하지."

"……네?"

"왜 의외라는 표정이지?"

하르페니언은 수아의 반응이 이상하다는 듯 말을 이었다.

"세상에 그대만큼 사랑스러운 사람이 어디 있다고. 부드러운 피부도, 검은 머리칼도, 품 안에 들어오는 몸도, 수없이 바뀌는 표정까지 어디 하나 뺄 수가 없어."

그리고 이건 반칙이다.

입바른 소리 소리라고는 전혀 생각할 수조차 없는 진지한 표정, 그리고 당연한 것을 왜 물어보느냐는 듯한 의아한 눈빛.

"나, 날이 참 덥네요."

아마 꼭 날씨 탓은 아니겠지만, 수아는 그렇게 말을 돌리며 시선 또한 함께 돌렸다. 하르페니언이 웃는 것이 느껴졌다.

"그래, 그럼 슬슬 들어갈까. 좀 쉬다, 해가 지면 다시 나와 보지."

"그, 그럴까요?"

수아의 동의에 하르페니언이 먼저 일어나 그녀에게로 손을 뻗었다. 수아는 잠깐 자신에게 내밀어진 그 손을 바라보다가, 이내 그 위에 손을 겹쳤다.

해가 뜬 낮. 주변 공터에는 아이들이 뛰놀고 사람들이 서로 이야기를 나눈다. 그리고 그 안에는 이제 그런 사람들을 피하지 않아도 되는 그녀의 연인이 있다. 그리고 그 손을 잡고 있는 그녀 자신.

아무것도 특별할 것이 없는 하루일 뿐이리라.

그리고 그 하루는 앞으로 계속될 것이다.

그 사실에 수아는 다시 빙긋 웃었다.

·ᴥᴥᴥ·

도시는 밤에도 꽤 시끄러웠다. 딱히 정식으로 야시장이 열린 것도 아니고 무슨 축제가 있는 것도 아니었지만 여름밤은 꽤 활기찼다.

식당과 술집에서는 야외에 테이블을 내놓은 채 영업을 하고 그 주변으로는 노점들이 여러 가지 잡동사니를 팔고 있었다. 꼬치나 샌드위치 등의 간단한 음식을 판매하는 노점도 있었다.

사람들은 술집에 직접 들어가기도 하고, 노점에서 음식과 술을 사서 공터에서 먹기도 했다. 큰 도시의 소위 「술집 거리」인 정도겠지만, 하르페니언과 수아에게는 지금 이것만으로도 충분했다.

웃고 떠들고, 싸우고 소리 지르는 소란스러운 밤이었다. 그 사이사이로 경비대원들이 보였고 그 경비대원에게 질질 끌려가는 사람들도 보였다.

그런 사이에서 하르페니언은 그답지 않게 꽤 허둥거렸다. 이렇게 인파 사이에 섞인 적이 없다 보니 사람들에게 몸이 밀릴 때 어떻게 해야 할지 잘 모르는 모양이었다. 그나마 낮의 시장 거리는 길이 하나였고 방향이 정해져 있어 사람들을 따라가기만 하면 됐지만, 지금은 그것도 아니었다.

더구나 온몸을 꽁꽁 싸매던 복장에서 망토를 벗고 셔츠 하나만으로 나와 있는 상태다 보니 아무리 머리로는 괜찮다고 알고 있어도 긴장이 되는 건 어쩔 수 없는 모양이었다.

여기에 수아가 다른 사람과 부딪치지 않게 보호하려고 하다 보니 오히려 더 악순환이었다. 자꾸 사람들과 부딪치고, 길 한가운데서 멈추게 되고.

"알, 저 괜찮아요."

"아니, 하지만……."

뭐든지 척척 해내던 그가 쩔쩔매는 모습은 신선하기까지 했다.

하지만 계속 이렇게 놔둘 수는 없었다. 결국 수아는 빙긋 웃고는 하르페니언의 팔을 잡고 아예 그를 끌고 가기 시작했다.

"수아?"

"이렇게 가면 되잖아요."

그녀도 사람이 붐비는 곳은 오래간만이었지만, 사실 지금 거리는 수아의 눈에 그렇게까지 사람이 많은 것으로 보이지 않았다. 전의 세계에서의 홍대나 강남 같은 번화가나 출퇴근길 지하철과 비교하면, 이쯤은.

수아가 그를 끌고 가자 순식간에 걷는 속도가 빨라졌다. 그야 자꾸 사람에게 부딪히고 멈춰 서는 것보다는 당연히 빠를 수밖에 없었다.

하지만 하르페니언은 꽤 얼이 빠진 표정이었다.

"그대는…… 굉장히 능숙하군."

"저희 세계에선 사람들이 더 많은 곳도 있었으니까요. 그리고 전 계속 사람들 사이에서 다녔잖아요. 알도 금방 익숙해질 거예요."

"그럴까."

드물게 확신을 하지 못하는 목소리에 수아는 그마저 귀엽다고 생각했다. 아니, 애초에 그녀가 그를 데리고 다니는 이 상황도 꽤 마음에 들었다. 평소와는 완전히 뒤바뀐 모양새다. 그리고 정말로 하르페니언은 금방 익숙해질 터였으니, 잠깐의 이 시간을 즐기는 것도 괜찮을 것 같았다.

하지만 그 익숙해지는 시기라는 건 그녀의 생각보다 굉장히 빨리 찾아왔다. 그렇게 돌아다니면서 이것저것 사 먹으며 밤거리를 구경하는 사이 어느 순간 하르페니언이 그녀를 리드하고 있었다는 걸 깨달았기 때문이다.

순간 기가 찼다. 뭐가 이렇게 빨라?

동시에 다행이라는 생각도 들었다. 아마 하르페니언은 앞으로 이런 「당연한」 부분에서 곤란함을 느끼는 부분이 상당히 많을 것이다. 그러나 그 시간을 오래 끌진 않을 것이다.

그 뒤로는 조금 더 편하게 거리를 돌아다녔다. 구경거리 자체가 많진 않았다.

노점상들은 대부분 음식을 팔았고 시간이 가면 갈수록 취한 사람들이 길가에서 비틀거렸다. 가게에서 흘러나오는 노랫소리나 음악이 흥을 돋우긴 했지만 더 새로운 건 없었다. 단지 이 일상적인, 하지만 이제까지 단 한 번도 가까이에서 본 적이 없는 풍경 안에 들어 있다는 것 자체가 마냥 좋을 뿐이었다.

결국 수아와 하르페니언은 어느 정도 돌아다닌 후에는 적당한 가게에 자리를 잡고 술을 마셔보기로 했다. 하르페니언은 수아의 음주가 꽤 걱정되는 눈치였지만 딱히 말리지는 않았다. 결국 둘은 달콤한 과일주와 손가락 두 마디 정도의 술잔에 파는 화주까지 이것저것 맛보면서 귀가 먹먹해질 만큼 시끄러운 사람들 사이에서 이야기를 나눴다.

그러다, 옆자리에서 나누는 대화가 우연히 귀에 박혔다.

"그, 황태자 전하. 그거 저주가 아니었다며?"

꽤 큰 소리라, 꼬치에 손을 가져가던 수아의 손이 멈췄다.

"그래, 사실 그게 신의 시련이었다는데……. 와, 난 그 신관 나리 안색이 그렇게까지 새파래질 줄은 꿈에도 몰랐다니까."

그보다 조금 작은 목소리가 대답했다. 하지만 수아는 이미 귀를 세우고 있었기에 그 소리까지도 대충 알아들을 수 있었다. 처음 말한 목소리가 크하하, 꽤 호탕하게 웃었다.

"난 믿고 있었지! 우리 제국의 황자님이…… 아니 황태자 전하가 설마 정말 신의 분노를 사셨겠냐고."

"그렇지. 더구나 그때 굉장히 어리셨다며? 분노를 사실 만한 행동을 할 때도 아니었다는데."

"당연하지! 신께서 어린 황자님에게 자질이 있다는 걸 알고 선택하신 거야. 우리 제국을 안배하신 거라니까?"

무슨 소리를 하는지는 곧바로 알 수 있었다. 수아는 잠시 그 소리에 온 신경을 집중하다가 반사적으로 하르페니언의 눈치를 살폈다. 그는 별 반응 없이 그런 수아를 보고 있었다.

"어…… 소문, 엄청 빨리 퍼지네요."

수아가 몸을 바짝 붙여 하르페니언에게 소곤거리듯 말했다.

"그렇군. 여기저기 시끄러워."

"여기저기?"

"오늘 내내 저 소리였으니."

수아는 당황하여 주변을 살펴보았다. 대부분 얼굴이 붉은 상태로 무어라 각자 이야기를 하며 술을 마셔대고 있었다. 그리고 그 사이에 나오는 단어들은 대부분 저주, 신탁, 황태자 전하, 제국, 신 같은 것들이었다. 아무래도 다들 그에 관한 이야기를 하고 있는 것 같았다.

"맙소사."

오늘 내내라고? 전혀 몰랐다. 이런 이야기를 들으리라고 생각을 하지 않았던 탓일까. 하지만 한번 그렇게 인지를 하니 계속해서 이야기들이 들려왔다. 여러 사람들의 소리가 뭉쳐 있어 중간중간 뭉개지다 보니 완전한 문장까지는 들리지 않았지만, 단어들만으로도 어떤 이야기인지 추론하기가 어렵지 않았다.

"설마 계속 수군거렸어요?"

"세계 모든 신전에 신탁이 내렸는데, 조용한 게 더 이상하지."

"그……렇긴 하죠."

하르페니언은 오늘 계속해서 저런 이야기를 들었다는 소리구나. 생각해보면 당연했다. 실바코프도 하르페니언도 전 세계가 뒤집어지며 순식간에 소문이 퍼질 거라고 했다.

"수도는 그야말로 난리가 난 모양이더군."

"그런 것까지 다 들은 거예요?"

"귀는 좋은 편이니까."

수아는 주변에 좀 더 귀를 기울였다.

역시 우리 제국의 황태자 전하라느니, 저주니 뭐니 하는 소문이 헛소리인지 진작 알았다느니, 그런 소문을 퍼트린 자를 잡아서 엄하게 벌해야 한다느니 하는 소리들이 흐르고 있었다. 뭔가 기분이 이상했다.

"그전에는…… 전혀 다른 소리들을 하지 않았어요?"

저주받은 황태자. 있는 존재 자체로도 죄악이라느니, 얼른 숨이 끊어지면 나라의 국운도 트일 거라느니 하는 소리를 하던 입으로 지금은 아무렇지도 않게 영웅이라며 찬양하고 있었다.

물론 진실은 아무런 상관이 없을 터다. 어차피 남의 이야기일 뿐더러 그들과는 평생 관련이 없을 정도의 먼 이야기니까. 여기에 신과 황실까지 엮여 있으니 얼마나 자극적일까. 그렇게 흥미로 혀를 놀리던 사람들이 이번에도 흥미로 입을 연다. 차이가 있다면 전에는 공포와 혐오가 그 중심에 있었지만 이번에는 환호와 자랑스러움이 있다는 것.

거기까지는 이해한다. 하지만 같은 입으로 전혀 다른 두 소리를 하며 조금의 의문도 가지지 않는 걸까? 공포와 혐오의 대상이던 저주받은 황태자가 사실은 신의 시련을 통과한, 세계를 구한 영웅이라는 것에 아무런 위화감을 느끼지 않는 걸까?

하르페니언은 그녀가 무슨 말을 하려는지 아는 듯, 수아에게 밖에 들리지 않을 정도로 목소리를 낮춰 말했다.

"이번 소문은 그 증거가 확실하잖나. 신탁이 직접 내렸으니. 그렇게 되면 바로 전에 돌던 「틀린」 소문을 믿었던 때를 부정하려고 하지. 그저 그랬던 유언비어가 아니라, 누군가가 확실히 그 대상을 음해하려는 목적을 가지고 악의에 찬 소문을 퍼뜨렸다는 식으로. 그 사이에 자신이 휩쓸린 건 당연한 일이었고, 자신이 퍼뜨리고 이야기하지 않았어도 어차피 다른 곳에 다 퍼져 나갔을 거다…… 그런 식이야."

"그게 뭐예요."

"그리고 오히려 전의 소문을 믿었던 사람일수록, 그런 자신을 부정하기 위해 더더욱 열광적으로 새 소문의 이야기를 하게 될걸."

수아는 저도 모르게 얼굴을 찡그렸다. 하르페니언이 작게 웃었다.

"소문이라는 건 그런 거야. 너무 마음 쓰지 마, 수아."

"그렇지만……."

그래, 이해한다. 머리로는 알고 있다. 수아의 세계에서도 흔하게 있던 일이다.

유명인의 자극적인 소문이 돌게 되면 그게 진짜인지 아닌지는 전혀 상관없이 여기저기 퍼져 나갔다. 인터넷이라는 매체가 있다 보니 더 그랬다. 실제로 그게 사실이 아니고 그 소문의 당사자가 단순한 피해자라는 게 밝혀진다고 해도, 사람들은 진실에 관심이 없다.

대부분의 사람들은 굳이 그 해명까지 찾아볼 생각도 하지 않은 채 다른 더 자극적인 소문으로 옮겨간다.

실제로 그 대상이 되니, 퍼지는 소문이 전과는 달리 그에게 도움이 되는 것이었음에도 불구하고 기분이 별로 좋지 않았다. 저주로 하르페니언이 얼마나 힘들었는지, 어떤 일을 겪었는지는 전혀 생각하지 않은 채 그저 「영웅」의 탄생만을 이야기하는 지금 이 상황이. 하지만…….

"하긴, 계속 전과 같은 소문이 도는 것보단 낫겠네요."

수아는 애써 그렇게 생각했다. 어차피 모든 걸 알아달라고 하는 것 자체가 말이 안 된다. 그러니, 어차피 흥미 위주라면 좋은 방향으로 가는 편이 나았다.

"그래. 며칠 되지도 않았는데 이 정도라면, 금방 소문이 정착될 거야. 효과가 꽤 대단해."

하르페니언은 수아가 느끼는 미묘한 정도의 감정도 없는 것 같았다. 오히려 정말 잘되었다는 듯 옅게 미소를 띠며 그렇게 말한다. 하긴, 좋지 않은 소문이 돌 때도 그게 정말로 당연하다 말하던 사람이었다.

결국 수아도 따라 미소 지었다.

"그러게요."

내일은 수도로 돌아간다. 진정한 의미의 귀환이다.

이제 모든 것이 바뀔 것이다.

수아는 새삼, 이 사람이 만들어나갈 삶이 어떻게 될지 궁금하다는 생각을 했다. 그리고 그건 그녀도 함께 지켜볼 수 있을 터였다.

소문이 아닌, 그의 진짜 모습과 삶을.

"슬슬 나갈까."

"네."

수아는 하르페니언이 내민 손 위에 자신의 손을 얹었다.

앞으로 어떤 일이 있을지는 모르겠지만, 이 손을 잡고 있는 이상 걱정할 것은 아무것도 없을 터였다.

황실의 일원으로

신탁이 또다시 내려왔다. 이번에도 전 세계 신전에 동시였다.

그 내용은 「성녀」에 관한 이야기였다.

신의 열쇠.

영웅을 도와 시련을 이겨내게 하여 신의 뜻을 세상에 전파한 사자(使者). 그건, 아칸도르 제국 황태자 곁에 있는 검은 머리의 여인을 이르는 말이라고 했다.

그 소식을 가져온 건 실바코프였다. 어제 저녁, 밤늦게까지 거리를 구경한 탓으로 꽤 늦은 아침을 먹던 수아는 덕분에 먹던 빵이 기도로 넘어갈 뻔해서 한참이나 기침을 해야 했다.

"뭐, 뭐, 뭐라고요?"

은발의 남자는 태연한 얼굴로 웃었다.

황실의 일원으로 37

"잘됐지. 시련 중에도 저주가 통하지 않던 존재에 대한 설명으로 이보다 더 좋은 게 없잖아? 덤으로 전하의 이야기도 하나 더 추가된 셈이고. 신의 사자가 함께하는 영웅."

그는 직접 신과 소통할 수 있던 것 같은데, 설마 그렇게 신탁을 내리라고 이 드래곤이 부추긴 건 아닐까.

수아가 입을 딱 벌리며 무어라고 반박하려고 한 순간, 옆에서 물컵을 건네줬던 하르페니언이 고개를 끄덕였다.

"확실히 잘됐군."

"앜!"

"아니, 정말로. 내 옆에 있으면 좋든 싫든 주목을 받게 될 테니까. 그렇지 않아도 그대를 공격하지 못하게 할 방패를 찾고 있었어."

"방패요?"

"이제 권력이 나에게로 되돌아올 테니, 다들 살길을 찾느라 바쁘겠지. 하지만 그런 행동 중에서도 머리가 나빠 보일 만큼 단순하게 행동하는 치들은 얼마든지 있어. 꼭 나를 싫어하고 적대해야지만 문제가 되는 게 아냐. 오히려 멍청한 충신들이 더 무섭지. 실제로 나에게 암살자를 보내면서 나라를 위한 것이라고 진지하게 생각한 작자들도 꽤 있었으니, 이제는 그 사고가 어떻게 튈지 몰라. 예를 들어 황태자의 심복이 되고 싶다, 그런데 이미 리노체스 백작이라는 심복이 있다. 그럼 리노체스 백작을 없애면 그 자리에 들어갈 수도 있지 않을까. 정말 진지하게 이렇게 생각하는 거야. 물론 루펜이 만만하게 당해줄 인물도 아니고, 설사 기회가 생긴다 해도 자신의 루펜 대신이 될 수 있을 리가 없다는 걸 차치하고서라도."

하르페니언은 작게 한숨을 내쉬었다.

"같은 공식이 그대에게도 성립돼. 그대가 내 곁에 있으니, 그대만 없애면 다른 여자를 대신 세울 수 있다고 믿는 치들이 분명 있을 거라는 거지."

"진짜로요?"

"응."

"바보 아니에요?"

수아는 진심으로 어이가 없었다.

무슨 등수 싸움을 하는 것도 아니고, 사람과 사람과의 관계를 하나가 없어지면 다른 걸로 때우는 식이 될 거라고 믿다니. 하지만 그 말에 답한 건 실바코프였다.

"다른 곳도 아니고 황궁이니 사람을 사람으로 보지 않는 경우가 꽤 있는 거야, 아가씨. 하나가 빠지면 하나가 채워질 거라고. 웃기긴 해. 당장 황제 폐하만 해도 황후 자리를 비워놓으셨는데, 그런 건 제대로 보이지도 않는 거지."

하르페니언이 그 말을 거들었다.

"더구나 그대는 속해 있는 가문이 없으니 더 만만하게 보기도 하겠지. 그래서 양녀 입양 등 몇 가지 방법을 생각해두긴 했었지만……. 신탁 덕에 꽤 깔끔하게 해결되는군."

신이 정식으로 공언한 신의 사자에게, 과연 누가 쉽게 손을 뻗을 수 있을까.

"수아가 성녀라는 걸 정식으로 공표하도록 하지. 최대한 빨리. 신탁으로 내린 사항이니 대신전에서도 이견은 없을 테고……. 아예 수아도 함께 궁으로 입궁하는 게 낫겠는걸. 내 입궁 시간 자체를 오후로 늦추는 대신 수아와 동행하지. 그사이 준비해야 할 게 좀 있겠어. 실바코프, 루펜과 아버지께 전달을 부탁한다."

"알겠습니다."

"잠깐만요!"

순식간에 진행되는 그 말에 수아가 깜짝 놀라 외치듯이 말했다.

"일단 무슨 뜻인지는 알겠는데, 그래도 신의 사자니 성녀니……. 그런 말도 안 되는 호칭을 공표해도 되는 거예요?"

"왜 말도 안 되지?"

"애초에 거짓말이고……."

"그대가 열쇠로 이 세계에 온 것은 사실이지 않나. 그 결과로 내가 구원받았고, 또 이 제국이 구원받았지."

아니, 다르다. 물론 그녀 자신이 열쇠라는 건 안다. 하지만 그건 다른 세계의 힘을 빌리는 징표일 뿐이며 그 역할이라는 것 또한 끝까지 살아 있기만 하면 되는 것이 아니던가.

설사 다섯 살짜리 아이를 데려다 놓았다고 해도 보호만 확실히 된다면 열쇠의 역할을 해내는 데 전혀 문제가 없었을 것이다.

실제로 수아는 이제까지 아무것도 하지 않았다. 단순히 하르페니언을 좋아해서 그 곁에 있으려고 노력했을 뿐. 사랑하는 사람 곁에 있기 위해, 그리고 어떻게든 적응하여 살아가기 위해 애를 쓴 것이 성녀라면 세상 모든 사람에게 그런 호칭을 줘도 무리가 없을 터였다.

하지만 하르페니언은 부드럽게 웃었다.

"그대는 그대의 힘을 너무 과소평가하는 경향이 있어. 난 그대가 열쇠가 아니었다면 지금과 같은 선택은 하지 못했을 거야. 내 목숨을 챙겼겠지."

"알."

"어쨌건 신탁은 내려졌어. 남은 것은 그걸 어떻게 제대로 활용할 것인가 하는 거니, 너무 걱정 마. 그대에겐 최대한 부담이 가지 않도록 할 테니까."

그렇게 말하고는, 하르페니언은 곧바로 실바코프에게로 고개를 돌려 황궁에 전할 말을 이야기했다.

아니, 부담이 문제가 아니라…….

수아는 속으로 작게 한숨을 내쉬었다. 그냥 성녀라는 이름 자체가 무거웠다. 이게 부담이라면 부담일까. 하지만 이 방법이 최선이고, 어차피 신탁이 내린 이상 그 이름을 거부할 수 없다는 사실도 확실히 이해했다. 그렇다면 하르페니언의 말대로 최대한 활용하는 것이 가장 좋을 것 같았다.

원래 하르페니언만 곧바로 입궁하고 수아는 리노체스 저택에서 며칠 묵으며 시기를 봐 황궁으로 들어갈 예정이었지만, 그것부터 변경될 모양이다.

정신없어지겠구나.

수아는 하르페니언으로부터 전달할 말을 듣고 사라지는 실바코프를 보며 그렇게 생각했다.

꿏꿏

순간이동을 하는 감각은 조금 이상하다. 수아가 겪는 것만 해도 벌써 세 번째였지만 아무래도 익숙해지지가 않았다. 순식간에 눈앞의 풍경이 바뀌고 다른 모습이 나타나는 것도 그랬지만, 마치 높은 고도를 단숨에 이동하는 듯한 감각도 그랬다.

이번에 이동하는 곳은 하르페니언이 외각에 가지고 있는 저택으로, 원래대로라면 아무도 없는 빈방일 터였다.

"형님, 수아!"

하지만 곧바로 카르니언의 모습이 보였다.

"카일?"

"맙소사……."

카르니언이 입을 살짝 벌렸다. 그런 그의 시선은 하르페니언의 얼굴에 고정되어 있었다.

"참, 황자 전하가 여기까지 마중을 나오신다고 하셨습니다."

그리고 옆에서 그들을 이곳까지 이동시켜준 실바코프가 말했다.

"정신이 없다 보니, 미리 말씀드린다는 걸 깜박했네요."

실바코프가 그렇게 말하거나 말거나, 카르니언의 시선은 하르페니언에게서 떨어질 줄을 몰랐다.

"형님……. 문신이."

카르니언의 목소리가 떨려 나왔다.

"저주가, 정말로 풀린 겁니까?"

정말로 그것이 궁금해서 물은 것은 아닐 것이다. 저주가 풀렸다는 소식은 전 제국민을 넘어 전 대륙이 모두 알고 있을 테니까. 하르페니언은 대답 대신 자신의 동생에게로 다가가, 아주 잠깐의 망설임을 넘기고는 카르니언의 머리를 쓰다듬어주었다.

"그래, 다녀왔다."

하르페니언의 손은 더 이상 장갑을 끼고 있지 않았다. 카르니언은 그 손길에 벼락을 맞은 것처럼 놀랐다가, 이내 웃는 것도 우는 것도 아닌 미묘한 표정을 지었다.

"형님."

"고생했다. 그리고 고맙다."

그 소리에 카르니언이 울컥하는 것이 보였다.

하르페니언은 눈시울이 붉어진 카르니언의 어깨를 툭툭, 두어 번 치며 격려했다.

"그동안 자리를 잘 지켜줬구나."

"저, 는……."

카르니언은 더 이상 말을 잇지 못했다. 더 말을 하면 그야말로 울음이 새어 나올 것 같아서, 그는 필사적으로 울음을 참고 또 참았다.

얼마나 바라던 순간이었나.

하르페니언은 자신의 자리를 대신 차지한 동생이 미울 법도 한데 그런 모습은 전혀 기미조차 보이지 않은 채 오히려 그를 보호해주었다. 하지만 카르니언이 손을 뻗었을 때 또한, 여지조차 주지 않은 채 차갑게 거절했다.

미워하지도 않지만 받아들이지도 않는다.

그게 하르페니언이 카르니언을 대하는 태도였다. 카르니언이 아무리 다가서려고 해도 하르페니언 주변에 있는 단단하고 두꺼운 벽은 조금도 움직이지 않았다. 그나마 수아가 오고 나서 그 벽에 약간의 균열이 가긴 했지만, 기본적으로 하르페니언이 카르니언을 밀어내고 있다는 사실은 변하지 않았다.

그런데.

오늘, 그 벽이 완전히 무너졌다.

그는 목이 메는 것을 필사적으로 억눌렀다. 그러고는 카르니언은 공손히, 예법대로 허리를 깊게 숙이며 그에게 인사했다.

"네. 잘 돌아오셨습니다, 형님."

．ₒᎧꙶᏐ ᏐꙶᎧₒ．

모든 귀족들이 모인 건 아니라고 했다. 급한 소집령에 곧바로 응할 수 있는 귀족들의 수는 한정되어 있다고. 하지만 수아의 눈에는 지금 모여 있는 사람들도 상당히 많아 보였다.

제1중앙홀. 수아는 작년, 이곳에 주인공으로 들어선 적이 있다. 지금도 그녀는 주인공 중 하나였다. 물론 그때와는 상황이 180도 바뀌었고, 혼자 재판을 받으며 덜덜 떨던 때와는 달리 처음부터 하르페니언이 옆에 있다는 것이 가장 다른 점이었다.

"황태자 전하 납시오!"

수아와 함께였지만 아직 정식으로 성녀의 존재가 공표되지 않았으므로 이름을 불리는 건 그 혼자였다. 수아는 하르페니언의 에스코트를 받으며 홀 안으로 들어섰다.

그 안에 있는 모든 이들의 시선이 쏠렸다. 수아는 하르페니언을 잡고 있는 손에 힘을 꼭 주었다.

수도로 돌아오자마자 드레스로 갈아입고 치장을 한 뒤 이곳으로 곧바로 들어온 것이다. 일정이 어그러지는 것 정도를 떠나서 지나치게 급했다. 하지만 수아가 신의 사자라는 신탁이 내린 김에 영웅과 성녀가 함께 귀환하는 모습을 보여주는 편이 낫겠다는 말에는 수아도 동의하는 바였다.

오늘 아침식사 전까지만 해도 이렇게 될지 몰랐기에 잔뜩 긴장은 됐지만, 사실 그녀가 할 일은 크게 없었다. 일단 성녀의 존재를 정식으로 공표하는 게 중요하기 때문에 모습을 보여주고 짧게 축복만 해주면 된다고 했다. 만약 실수를 해도 황제나 옆에 있는 하르페니언이 대부분 수습이 가능할 테니 너무 걱정하지 말라고.

상석에는 이미 황제가 먼저 와 앉아 있었고, 그 밑에 카르니언이 있는 것이 보였다. 하르페니언과 홀을 가로질러 그쪽으로 다가가자 황제가 자리에서 일어났다.

하르페니언이 황제를 향해 허리를 숙여 예법대로 인사했다. 수아 또한 그가 알려준 대로 치마를 잡고 가볍게 무릎을 숙였다. 황제는 그런 둘을 향해 고개를 숙여 깊이 묵례했다.

"세계를 구한 영웅과 신의 뜻을 지닌 성녀께 아칸도르 제국의 황제가 경의를 표하오."

그 말에 홀에 억누를 수 없는 웅성거림이 퍼져 나갔다. 황제는 고개를 들어 앞을 보았고, 하르페니언과 수아도 귀족들 쪽으로 몸을 돌렸다.

아까까지만 해도 이곳으로 오는 것에 집중해 잘 알 수 없었는데, 귀족들의 모습이 참으로 가관이었다. 금방이라도 기절할 듯이 몸을 부들부들 떠는 사람, 제대로 서 있을 수조차 없어 누군가가 붙잡고 있는 사람, 시선 처리도 제대로 하지 못한 채 아연하게 이쪽을 쳐다보는 사람……. 마치 경악을 공포와 버무려 홀한가운데 뿌려놓은 것 같았다.

"다들 신탁의 내용은 알고 있을 것으로 생각하오."

황제가 말을 이었다.

"내 아들이자 이 제국의 황태자, 하르페니언 로데인 쥬다스 아칸도르가 신의 사자와 함께 완전히 귀환했소. 어느 한 순간도 내 아들이 제국의 황태자가 아닌 때가 없었다는 것은 다들 잘 알고 있을 터."

그의 목소리는 홀 구석구석으로 울려 퍼졌다.

"저주라는 이름으로, 신은 시련을 주었소. 그 행보가 어땠는지 여기서 굳이 밝힐 필요는 없겠지. 단지 그 결과로 세계가 구원되었음을 여기서 다시 한 번 선언하는 바이오. 그 증거로 몬스터들의 이변 현상이 사라졌소."

아. 그 소리에는 수아도 조금 놀랐다.

제단에 검을 바치면 몬스터들이 몰려다니는 현상도 없어진다고 했던 걸 기억해냈다. 순간이동으로 움직여서인지 완전히 잊고 있었는데, 그게 완전히 해결이 됐구나.

"여기서 선언하오. 내 뒤를 이어 황제가 되는 것은 황태자이며, 이에 반하는 자는 무슨 수를 써서라도 입을 다물게 해줄 것임을."

황제의 어투가 조금 바뀌었다. 그는 마치 이제까지 쌓인 것을 내보내듯, 차가운 냉소를 지으며 말을 이었다.

"내가 눈을 가리고 귀를 막고 있었다고 생각했나? 아니, 그동안의 일은 나도 지나칠 정도로 잘 알고 있어. 그러니 목이 잘리기 전에 제대로 된 충성의 증거를 보여주는 것이 좋겠지. 이 말이 무슨 소리인지 짐작이 잘 가지 않는 자들은 행운이야. 과연 그 수가 얼마나 되는지는 모르겠지만."

그 말에 귀족들 몇몇이 기어코 버티지 못하고 쓰러졌다. 그 주변에 약간의 소란이 일었으나 황제는 그쪽으로는 눈길조차 돌리지 않았다.

"또한, 지금 이곳에 있는 신의 사자에 대해서도 공표하겠소."

황제가 수아 쪽을 바라보았다. 여기까지도 미리 들은 대로다. 수아는 속으로 심호흡을 하며 한 걸음 앞으로 나갔다.

"신께서는 사자를 내려보내셨소. 황태자의 시련에 도움을 주기 위해, 그리고 신께서 이 세계를 반드시 구원하시겠다는 증거로.

그리하여 신의 사자는 모든 일이 끝나고도 돌아가지 않고 이 제국에 남게 될 것이오. 이는 신이 제국을, 이 세계를 가호하고 있다는 증표가 될지니."

거기서 황제는 잠시 말을 끊었다.

"이에, 나 록시드 켈렙 에리드 아칸도르는 선언하오. 성녀, 수아를 황실의 일원으로 받아들일 것을. 아칸도르의 이름을 성녀께 바쳐, 그 대우를 황족과 같이 하겠소. 이는 제국이 신을 공경하고, 동시에 신의 뜻이 영원히 제국에 있음을 알리는 징표가 될 것이니."

이제 수아의 차례였다.

다시 긴장이 됐는지, 이번에는 그녀에게 모인 시선들이 어떤 감정을 담고 있는지 전혀 알 수 없었다. 무언가 웅성거리는 소리가 들리는 것도 같았지만 그게 거부인지 탄성인지조차 잘 구분할 수가 없었다. 그녀는 입꼬리를 올려 웃는 얼굴을 만들며 천천히 입을 열었다.

"아칸도르의 이름, 기쁘게 받겠습니다."

그리고는 옷을 갈아입으며 속으로 수백 번 되뇌어본, 축복의 말을 이어나갔다.

"아칸도르 제국과, 황태자 전하의 앞길에."

다행히 계속 외웠던 효과가 있었는지 바짝 입이 말랐음에도 그 말은 매끄럽게 홀을 울렸다.

"신의 가호를 내립니다. 그 치세가 영원하기를."

그 순간, 이번에는 명백한 환호가 홀 안에 터져 나왔다.

원력 226년, 푸른 여름 첫째 달.

성녀와 함께, 황태자가 돌아왔다.

꘎꘎꘎

홀을 어떻게 빠져나왔는지 기억이 없다. 생각나는 것은 홀을
나가기 위해 수아를 에스코트하는 하르페니언에게 다가오던 귀
족들의 모습이었다. 얼굴에 제각각 미소를 띤 채 어떻게든 그에
게 말을 걸려고 하던 그 모습들이 이상하리만치 인상 깊게 남아
있었다.

어쨌거나 하르페니언은 그 사이를 헤치며 홀에서 나와 미리
준비되어 있던 궁의 숙소로 수아를 데려다주었다. 일단은 성녀
를 위해 급히 준비한 임시 거처로 보통은 외국 사신들이 묵는
귀빈궁이라고 했다.

그녀가 묵는 방 자체만 해도 굉장히 화려했는데, 개인실 두 개
와 침실, 응접실, 욕실, 티룸 등이 딸린 그 방은 구조도 특이했고
여러모로 화려해 구경거리도 많아 보였다.

하지만 수아는 지금 그걸 둘러볼 정신이 없었다. 하르페니언이 최대한 빨리 오겠다는 말을 남기고 간 뒤에도 멍하니 앉아 있다, 이내 시녀들의 노크 소리에 퍼뜩 정신을 차렸다.

수아는 시녀들의 시중을 받아 옷을 벗고 따뜻한 물이 가득한 욕조에 향유를 풀어 몸을 담갔다. 그 후에는 가볍게 마사지를 받고 실크 잠옷으로 갈아입었다. 하녀도 여관도 아닌 귀족 출신인 시녀들의 시중을 받는 건 처음이었지만, 오늘은 이미 신경에 과부하가 걸렸는지 그 사실에 대해서도 별 거부감이 없었다.

입맛은 없었지만 그래도 뭔가 먹어야 할 것 같아, 주무시기 전 간단히 무언가를 들겠느냐는 말에는 수프 한 그릇만을 부탁했다. 아침식사를 한 후 긴장되어 아무것도 먹지 못했으니까. 하지만 이번에도 반도 채 넘기지 못하고 무르게 됐다. 그리고 시녀들이 모두 물러가고 혼자가 된 후에야, 몸이 떨려왔다.

오늘, 괜찮았던 걸까.

머리로는 크게 실수가 없었다는 걸 안다. 하지만…….

"후아."

수아는 깊게 심호흡했다. 몸 떨림이 가라앉지 않았다. 넋이 완전히 나갔다 들어온 것 같은 느낌이었다. 아니, 제대로 들어오긴 했을까?

신의 사자인 성녀니, 아칸도르의 이름이니, 황족의 대우니. 이런 대단한 것들이 순식간에 휙휙 넘어갔다.

무언가 하르페니언의 일이라고 생각했던 것들이 그녀에게도 턱턱 들어온다.

앞으로는 어떻게 되는 걸까.

아직 거기까지는 설명을 듣지 못했다. 성녀로 인정을 받아 황실의 일원이 됐고……. 그다음은?

모르겠다. 그건 나중에 천천히 생각해보자. 오늘 있던 일만으로도 이미 충분히 피곤했다.

수아는 침대에서 눈을 감았고, 그녀는 순식간에 잠으로 빠져들었다.

◦◦◦ ◦◦◦

누군가가 머리를 쓰다듬고 있었다. 기분 좋은 손길이었다. 수아는 저도 모르게 미소를 지으며 그쪽으로 몸을 붙였다. 그 손은 잠깐 멈칫하더니 이내 머리칼만이 아니라 그녀의 뺨도 부드럽게 쓰다듬었다. 아주 소중한 것을 만지는 듯했다.

수아는 천천히 눈을 떴다. 예상과 다르지 않게, 황금빛 눈동자가 그 앞에 있었다.

"알."

"좀 더 자."

"언제 왔어요?"

"조금 전에."

수아는 잠깐 다시 눈을 감았다가 떴다. 아주 포근한 기분이 들었다. 온몸이 나른했다.

"오늘, 저 뭐 실수한 거 없었어요?"

"전혀. 잘했어."

"다행이다……. 저, 엄청 긴장했었어요."

"너무 갑작스러웠지. 미안."

"왜 그런 걸로 사과해요."

수아가 작게 웃었다.

"도움이 됐다면 다행이에요."

"음, 앞으로도 조금 더 힘을 빌릴 일이 있을 거야. 여러모로 귀찮게 할 테지만……."

"귀찮다뇨. 제가 할 수 있는 게 있으면 얼마든지 이야기해요. 그…… 어려운 건 좀 힘들겠지만요."

"충분해."

잠깐 그의 얼굴이 가까워지나 싶더니, 그녀의 입술에 그의 입술이 스치듯 짧게 닿았다 떨어졌다.

"그대 또한, 원하는 게 있으면 이야기해줘. 그게 뭐든 최선을 다해 이뤄줄 거라는 건 맹세하지. 특히 물질적인 건 얼마든지 가능해.

성도, 별장도, 드레스도, 보석도…… 생각하는 거라면 뭐든."

그 속삭임에, 수아의 뺨에 살짝 붉게 변했다.

"제가 원하는 건."

그리고 계속해서 그에게 말했던 말을 반복했다.

"알 곁에 있는 거예요."

"……정말, 그대는."

하르페니언이 약간 기가 차다는 듯, 하지만 기쁜 듯한 미소를 지었다.

"그런 거라면 얼마든지. 아니, 그대가 원하지 않아도 있을 거야."

"그런 거라뇨. 아까도 예쁜 아가씨들 많던데."

"수아?"

"아, 귀족 영애들이라고 해야 하나요? 분명 알에게 접근할 거 아니에요. 물론 꼭 여자들뿐만은 아니겠지만……."

수아는 홀에서 하르페니언에게 접근하려고 했던 사람들을 떠올렸다. 갑자기 나타난 권력자의 마음에 어떻게든 들려고 하는 건 당연했다. 더구나 그 권력자가 미혼에 결혼적령기라면 역시 그런 의미에서 접근하는 이들이 있으리라는 것도 당연했다.

"알, 앞으로 저는 어떻게 되나요?"

하르페니언의 마음은 의심하지 않는다. 아마 계속 그는 그녀와 함께하겠지. 하지만 지금 상황에서 그녀가 궁금한 건 그게 「어떤」 형식이냐는 거였다.

또한, 얼떨결에 성녀로 공표되긴 했지만 앞으로 그녀가 맡을 역할이 어떻게 되는지도 궁금했다.

그 말에 하르페니언의 얼굴에서 미소가 사라졌다.

"알?"

수아가 침대에서 몸을 반 정도 일으켰다.

"혹시 곤란한 질문인가요?"

"아니, 그게…… 아니라."

하지만 그는 꽤 곤란해 보였다. 하르페니언은 잠깐 말을 멈췄다가, 이내 머뭇거리듯 말했다.

"사실, 나중에 정식으로 이야기하려고 했는데."

"네?"

"나와 결혼해달라는 말."

순간 숨이 멈췄다. 수아는 반 정도 몸을 일으킨 자세 그대로 그를 바라보았다.

"지금 대답을 할 필요는 없어. 아니, 그냥 하지 말아줬으면 좋겠군. 곧 정식으로 준비해서…… 제대로 된 청혼을 할 테니까, 대답은 부디 그때에."

그녀는 그제야, 자신이 잘못 들은 것이 아니라는 걸 깨달았다.

결혼.

원하던 말이었다. 하지만 정말 가능할까 의심이 들기에 가급적 떠올리지 않으려던 단어이기도 했다.

그는 황제가 될 사람이므로 아내가 되어달라는 말에는 그녀 또한 황태자비가, 황후가 되어달라는 의미가 포함되어버린다. 과연 그녀가 맡을 수 있는 역할이기나 할까.

하지만 하르페니언은 아무렇지도 않게, 그 말을 입에 담았다.

"나도 조금 생각할 시간이 필요했어. 그대는 딱히 지위에 대한 욕망이 없지. 그런 그대에게 황태자비가 되어달라 청하는 건 너무 큰 욕심인 것 같더군. 황궁에서의 생활을 견디며, 나중에는 결국 제국의 황후가 되어달라 말하는 것이."

황태자비, 황후.

생각만 해도 정신이 아찔할 정도로 큰 자리였다. 굳이 황후까지 갈 필요도 없이, 황태자비만 된다 하더라도 지금의 제국에서는 말 그대로 퍼스트레이디다.

아마 황태자비가 될 수 있다고 하면 뭐든지 할 수 있다는 귀족 영애들이 수없이 많을 터였다.

"사실…… 음, 완전히 생각이 정리된 다음에 말하려고 했는데."

그는 작게 한숨을 내쉬었다.

"그래서, 그대가 원하지 않는다면 카일에게 황태자 자리를 넘기려고 해."

"……네?"

이번에야말로 수아는 자신의 귀를 의심했다.

"뭐를…… 어떻게 한다고요?"

"카일에게 차기 황제가 될 권리를 넘기는 거지. 카일도 꽤 영특하니 괜찮은 황제가 될 거야."

"잠깐만요!"

심장이 쿵 내려앉았다. 조금 전보다 더 놀랐다. 아니, 무슨 소리를 들어도 이보다 더 놀랄 수는 없을 것 같았다. 수아는 침대에서 완전히 몸을 휙 일으켰다.

"황제 위를 포기한다고요? 그게 무슨……!"

"물론 그렇다고는 해도 영웅 운운하는 신탁이 내려온 이상 정리는 해야 해. 한동안은 내가 황태자 노릇을 계속해야 할 거야. 그대에게도 좀 더 성녀로서의 역할을 부탁할 거고. 언제까지인지 정확히 가늠하는 건 힘들지만, 아마 최소 반년에서 최대 2년 정도는……."

"그러니까, 잠시요! 잠깐 이야기 좀 멈춰봐요. 도대체 결론이 왜 거기로 튀는 거예요? 지금 저와 결혼하자는 이야기 아니었어요?"

"아무래도 지금 상황에선, 결혼이 우리 두 사람 문제로 끝나지 않을 테니까. 그렇다고 내가 그대가 원하는 걸 어림짐작해서 결정할 수도 없으니, 어떤 쪽이 좋을까 의견을 묻는 거야."

"알이 황제가 될지…… 말지를요?"

"그래."

혼란스러웠다.

도대체 이게 무슨 상황인지 도통 이해가 가지 않았다. 그러니까 결혼과 황제가…… . 아. 분명 「그대가 원하지 않는다면」이라고 했지. 곧 수아는 이게 황후가 되어 이 황궁에서 사는 것과 그렇지 않은 것 중 어떤 미래를 원하냐는 걸 묻는 질문임을 간신히 이해했다.

"황태자 위에서 물러나면 둘이 여행을 하며 지내도 좋고, 어딘가에 정착해도 괜찮겠군. 딱히 금전적으로 부족하진 않을 테니 그쪽으로는 걱정하지 않아도 되고."

머리가 지끈거렸다.

"알, 하르페니언."

"음?"

"도대체 무슨 소리를 하는 거예요? 여태껏 계속 저주를 푸는 방법만 찾으면서 살았잖아요. 거기서 해방된 지 며칠 되지도 않았는데, 이제 알이 원하는 대로 살아야죠. 왜…… ."

"이게 내가 원하는 거야."

그렇게 말하는 그의 목소리에는 조금의 망설임도 없었다.

"그대와 함께하는 것. 그대가 원하는 대로 하는 것. 이제 저주와 상관없이, 난 그것을 이루어줄 힘이 있으니까."

황제가 되는 것도, 황제가 되지 않는 것도. 그리고 계속해서 함께 살아가는 것도.

"그러니 그대가 원하는 걸 말해줘."

다시 말문이 막혔다.

아무리 봐도 이 남자, 진심이다. 정말 그녀가 그러라고 하면 황태자 위를 카르니언에게 망설임 없이 넘길 터였다. 당연히 황제도 카르니언도 화를 내겠지만, 하르페니언이 그렇게 결심했다면 말릴 수도 없으리라.

사실 한 나라의 퍼스트레이디라는 자리는 확실히 멋져 보이긴 했지만, 수아는 권리에 의무가 따른다는 걸 모를 정도로 어리지 않았다. 더구나 그게 자신이 되어야 한다고 생각하니 어마어마한 부담으로 다가왔다. 이 세계에서 태어나고 자란 것도 아닌 그녀가 과연 그 역할을 제대로 수행할 수 있을지가 관건이었다. 잘못하다간 하르페니언에게 폐만 끼치게 될지도 모른다.

반면 하르페니언이 황태자의 위를 버리고 황궁을 나온다면 꽤 편할 것 같았다. 아무것에도 얽매이지 않은 채 둘이 계속해서 떠도는 생활. 아무것도 책임지지 않고, 아무런 의무도 없고. 오직 서로의 곁에서 상대와 나를 위해서만 살아가는 그런 생활. 여행하는 것이 지겨워지면 어딘가에 정착해도 좋을 것이다. 그러다 다시 떠나는 것도 좋겠지.

하지만.

"알."

알고 있다. 그건 모두를 배신하는 일이나 다름없다. 그에게 기대를 걸고 그를 지켜본 이들을 외면하는 일이다.

하르페니언이 그걸 모를 리 없다. 그럼에도 이렇게 제안했다.

"먼저 하나 물어볼게요. 제가 황태자비…… 아니, 황후로 할게요. 제가 이 나라의 황후가 되면 혹시 곤란해지나요?"

"무슨 소리지?"

"전 이계인이에요. 그나마 말은 괜찮지만 글씨는 쓰는 것만이 아니라 읽는 것도 서툴러요. 당연히 귀족 출신도 아니고, 사교계 같은 것도 전혀 모르고요. 그런데……."

"수아."

그가 조용히 그녀의 말을 끊었다.

"그대가 황후의 조건이나 자격에 대해서 말하는 거라면, 지금 그대는 그 누구보다도 적합해."

"네?"

"그대가 신의 사자라고 공표되었으니까. 그 성녀가 황후가 된다는 데 반대할 사람이 있기나 할까? 아니, 오히려 다들 기꺼워하겠지. 신의 가호가 황가의 핏줄에 영원히 머문다는 의미니. 황가의 위상 또한 높아질 테고."

"아."

"중요한 건 그대가 무얼 원하느냐 하는 거야. 다른 건 생각하지 마."

그렇다면 결국, 하르페니언은 정말로 오로지 수아만을 위해 이렇게 물어본 것이리라.

그녀가 황후 자리가 부담스럽다고 하면 그 또한 황태자 위를 벗어던질 생각으로.

그 사실을 확실히 인지한 순간, 무언가 울컥 올라왔다.

"도대체……."

도대체, 이 사람은 어디까지 자신을 위하려는 걸까.

"수아?"

그가 당황하는 것이 느껴졌다. 수아는 눈물을 한 번 손등으로 훔치고는, 그를 똑바로 쳐다보며 말했다.

"알, 황제가 돼요."

사실, 망설일 것도 없었다.

"제가 원하는 게 알이 원하는 거라고 했죠. 그건 저도 마찬가지예요. 전, 알이 하고 싶은 일을 하며 살았으면 좋겠어요. 물론 알은 검술도 뛰어나지만…… 그걸 평생의 업으로 삼고 싶은 건 아니잖아요?"

그는 황제가 되고 싶어 한다. 직접 말을 한 적은 없지만, 사이사이 듣는 이야기가, 그의 말이, 그리고 주변이 하던 말이 모두 그걸 가리키고 있는데 모를 리가 없었다. 실바코프 또한 그가 제왕의 운명을 지니고 태어났다고 하지 않았던가.

"사실 황후니 황태자비니 잘 상상이 안 가요. 어쩌면 너무 높은 자리라 실감이 안 나서 이렇게 말할 수 있는 건지도 모르겠어요."

수아는 미소를 지었다. 최대한 울음을 참으려고 노력했지만 조금씩 눈물이 눈가에 배어 나오는 건 어쩔 수가 없었다.

"그렇지만 알은 계속 제 옆에 있어줄 거잖아요……? 그럼 분명히 괜찮을 거예요. 저도, 그 자리에 어울릴 수 있는 여자가 되도록 노력할 테니까요."

하르페니언은 그녀가 그를 위해 모든 걸 버렸다고 했다. 그녀의 세계로 돌아가지 않고, 가족들에게 가지 않고 그를 선택했다고. 하지만 실은 전혀 그렇지 않았다. 이제까지 그녀가 돌아갈 수 있는 기회 따윈 없었다. 오히려 하르페니언이 없었다면 수아는 이곳에서 살아남지 못했을 것이다.

반면 그는 그녀를 위해 말 그대로 목숨을 걸었다. 실바코프의 말이 진실이었다면 지금 이 자리에서 둘이 마주 보고 있지도 못했으리라.

그런데, 하르페니언은 황제 위조차 포기할 수 있다고 했다. 그녀가 부담스러울까 봐, 그 자리를 원하지 않을까 봐.

"알. 제게 자격이 부족하지 않은 거라면 좀 더 자신 있게 말해 줘요. 황제가 될 테니 황후가 되라고."

목이 다시 메여온다.

솔직히 기뻤다. 황후가 된다는 길을 선택해도 하르페니언의 발목을 잡지 않을 거라는 사실이, 그리고 그의 옆에 있는 하나뿐인 여자가 되어달라는 그 청이.

"정식 청혼이요? 대답은 그때 하라고요? 아뇨, 어차피 대답은 언제나 똑같을 거예요. 결혼해요, 알. 그래서 제 남편이, 가족이 되어줘요."

하르페니언은 잠시간 말이 없었다. 대신 그의 얼굴이 점점 붉어지는가 싶더니만, 이번에는 그가 고개를 떨어뜨렸다. 그의 귀와 목덜미까지 온통 붉어진 것이 보였다.

"그 말은……."

그렇게 말하는 그의 목소리에 물기가 어렸다.

"그대가, 내……."

그 뒷말은 거의 들리지 않았다. 단지 아내, 라는 단어가 스치듯 지나간 것 같기도 했다. 수아는 그런 그에게 몸을 바짝 붙이며 목에 팔을 둘렀다.

"사랑해요, 알. 세상 누구보다도. 그러니까 앞으로 알을 행복하게 해줄 수 있게…… 노력할게요."

하르페니언은 고개를 들지도, 대답을 하지도 않았다. 단지 그녀의 몸을 마주 껴안아올 뿐. 그가 얼굴을 묻은 어깨 부근이 따뜻해지는 걸 보니 아무래도 울고 있는 것 같았다. 그의 등이 가늘게 떨리고 있었다.

수아는 잠시, 과거의 후원에서 만났던 소년을 생각했다. 다쳐홀로 남아 제 몸도 가누지 못하면서, 울지도 못하고 있던 어린 하르페니언. 그녀는 그 소년을 꼭 안아주고 싶었다. 잠시 비쳤던 그 울음을 끝까지 토해낼 수 있을 때까지.

지금 그걸 이뤘다.

그래요. 이제까지 너무 길었죠.

그녀는 그를 안고 있는 손에 더욱 힘을 주었다.

비로소 수아는 과거의 소년을, 그리고 현재의 청년을, 그리고 미래의 그를 있는 힘껏 껴안을 수 있었다.

◈◈◈

"아, 진짜 재밌었다."

테이블 너머에 앉아 있는 남자는 과자를 입에 가져가며 즐겁다는 듯 씩 웃었다.

"너도 봤지? 난 사람 안색이 그렇게 다양한지 몰랐어."

"응?"

"하얀색, 빨간색, 파란색, 거무죽죽한 색, 보라색……. 얼굴을 아주 갖가지 색으로 물들이고는 사실 처음부터 형님을 지지했다는 듯 모두 몰려들어 갖은 아첨을 떨어대던 꼴이란."

"어……. 그랬던가?"

"너도 그 자리에 있었잖아."

"나 완전히 긴장해서……. 사실 주변이 어땠는지 잘 기억이 안 나."

"그래? 아쉽네. 두고두고 기억할 만한 거린데."

카르니언은 정말로 재미있다는 듯 키득거렸다. 그 통쾌해 보이는 표정에 수아는 그때 사람들의 모습을 다시 떠올려 보려고 했지만, 역시 그 정도였는지는 잘 알 수가 없었다.

"다들 웃으면서 어떻게든 알에게 접근하려고 했던 건 기억나는데."

"그래, 굉장히 필사적으로."

그는 얼굴에서 미소를 지우지 않은 채 말을 이었다.

"돌아가는 꼴 보고 있으면 진짜 웃겨. 아직도 나에게 희망을 잃지 말라는 귀족들이 있는 거 알아?"

"뭐?"

모든 신전에 신탁이 내린 게 전례가 없는 일이고, 그 내용조차 파격적이니 큰 소요가 없을 거라고 들었다. 하지만 아무래도 궁 상황은 상당히 혼란스러운 모양이었다.

"신탁으로 형님이 영웅으로 인정받고, 성녀의 존재까지 인정됐는데 아직도 내가 황제가 될 가능성이 있다고 생각하나 봐. 나 보고 황위 계승 전쟁이라도 일으키라는 건지……. 쯧. 하긴 신탁이 없었으면 더 난리였겠지."

그는 혀를 찼다.

"사실 지금까지 나보고 차기 황제니 어쩌니 하는 작자들은 그냥 인지부조화에 가까울걸. 대부분 어머니나 나에게 필사적으로 알랑거렸던 놈들이거든. 투자한 결과를 못 보게 되었으니 얼마나 억울하시겠어."

그는 비아냥거리며 말했다.

"뭐, 그냥 떨어져 나간 작자들도 있긴 한데⋯⋯. 그나마 전에는 형님이 저주를 받았다는 명분이라도 있었지, 지금의 나보고 황제가 어쩌고 하는 건 본인들이 나라 안위에는 전혀 관심 없이 자기 영달만 챙긴다는 훌륭한 증거를 몸으로 보여주는 셈이야. 잘 지켜보고 있다가 형님께 명단이나 넘겨야지. 아니다. 리노체스 백작에게만 넘겨도 되겠네."

"아, 그리고 보니 백작님은 잘 지내셔?"

수아가 그를 마지막으로 본 건 저주가 풀린 하르페니언 앞에서 소리 없이 오열하던 그의 모습이었다. 그는 아예 눈물을 숨길 생각 자체를 하지 못한 채, 하르페니언의 장갑을 끼지 않은 맨손을 잡고 울고 또 울었다. 평소에 감정이나 표정을 거의 드러내지 않던 백작이었기에 그 장면은 더 애절해 보였다.

그리고 그제야 수아는 리노체스 백작이 감정을 거의 드러내지 않는 사람이라는 게 어떤 의미인지 알 것 같았다. 무표정한 하르페니언과 리노체스 백작. 둘 다 그러지 않았다면 그 길디긴 세월을 버텨내기 힘들었던 것이리라.

닮은 것이 아니라, 상황이 그들을 닮게 만든 것이다.

수아는 그 만남을 끝까지 보지 못한 채 드레스로 갈아입으러 가야 했지만, 아무래도 그 기억이 계속 남아 있었다.

"너무 잘 지내서 문제지. 이제까지 어떻게 참았나 몰라. 역시 가신은 주군을 닮는 건가? 본인에게 뭐라고 수군거려도, 심지어 형님께 암살자를 보내도 아무 반응도 안 보이더니만 지금은 아주 기세가 흉흉해. 아주 착실하게 숙청하고 있지."

거기까지 말해놓고 카르니언은 작게 코웃음을 쳤다.

"하긴, 따지면 난 비관계자나 마찬가지니까. 리노체스 백작은 정말 쌓일 대로 쌓였을걸. 나야 뭐, 편하지만."

카르니언은 가볍게 한숨을 쉬었다.

"애초에 그 작자들만 아니었으면 어머니가 이렇게까지 되셨을 리도 없었을 테니까."

"어…… 귀비마마?"

"응. 말이 나왔으니까 말인데, 네가 성녀라는 걸 발표하는 자리에서 어머니 모습이 안 보였잖아. 왜 그랬는지 알아?"

"원래 나오는 자리가 아니셔서?"

"아냐. 황실의 일원으로 받아들이는 자리니 당연히 귀비인 어머니도 나오시는 게 맞아. 그런데……"

그는 살짝 인상을 찡그렸다.

"그런데 그때는 완전히 앓아누우셨거든. 첫 번째 신탁의 내용을 듣자마자 기절하셨어."

"어?"

"이제까지 어머니는 형님의 존재 자체를 거의 생각조차 하질 않았을 거야. 황태자라기보다는 그저 저주를 받아 곧 없어질 인물 정도? 주변에서도 나를 제국의 하나뿐인 황자니 차기 황제가 될 거라느니, 그때가 되면 귀비마마는 황태후마마가 되실 거라느니……. 그런 식으로 마구잡이로 부추긴 거지. 거기에 갑자기 형님이 불쑥 나타났으니 어땠겠어."

"세상에."

"사실 그렇게 심각한 문제는 아니야. 옛날에도 말한 적 있었지? 어머니는 정치적으로는 욕심이 전혀 없는 분이신데, 주변에서 부추기는 바람에 황제의 어머니라는 위치가 탐났을 거라고. 지금도 난 그렇게 생각해. 단지 좀 오래갔던 욕심이라, 그게 산산조각 났을 때 충격이 좀 큰 것뿐이시겠지. 그래서 며칠 앓아누우신 사이에 성녀 공표 자리가 긴급으로 잡혀 결국 참석을 못 하신 거고. 그걸 또 귀비마마는 황태자 전하의 귀환을 인정하지 않는다 하는 식으로 몰고 가는 작자들도 있지만."

"지금은 좀 괜찮으셔?"

"응. 아까 나오기 전에 내 손을 꼭 잡고 위로하시더라. 얼마나 속상하겠냐고."

카르니언은 다시 한 번 한숨을 내쉬었다.

그의 어머니는 자신의 아들이 황제가 되길 원했다고 생각하고 있었다.

카르니언은 계속해서 황제의 위를 원하지 않는다 말했고 실제로도 그렇게 행동했으나, 귀비는 그런 아들의 행동을 단순히 반항이나 치기로 여겼을 뿐이다.

"잘 모르겠어. 어머니는 나를 사랑하셔. 하지만 정작 「나」에 대해서는 별 관심이 없으셨던…… 뭐 그런 느낌이야."

얼마나 실망했느냐, 지금 얼마나 힘이 드느냐. 귀비는 진심으로 애달프게 그 아들을 위로했다. 그러면서 내키진 않겠지만 황태자의 신임을 최대한 얻어내라며, 그게 그의 유일한 살길이라며 아들의 손을 꼬옥 잡았다.

"어머니는 금방이라도 내가 지방으로 쫓겨날 거라고 생각하고 계신 모양이야. 최악의 경우 죽게 되거나. 왜 아니겠어? 사실 이런 상황에서 형님이 가장 먼저 해야 할 일은 경쟁자의 제거지. 근데……."

그는 피식 웃었다.

"난 내 그릇의 크기를 잘 알아. 내가 정말로 황제가 되겠다고 선언해봤자 형님은 신경도 안 쓰실걸? 상대가 되어야 경쟁자지. 어쨌건 이번 어머니의 말씀은 정말 따르기 쉬워서, 그걸로 만족해. 형님은 날 쫓아내지 않으실 거고, 난 형님을 계속 지지하며 도울 거고. 드디어 어머니께 착한 아들이 될 수 있네."

그는 꽤 후련한 듯했지만, 아무래도 수아는 곧바로 고개를 끄덕일 수가 없었다. 카르니언은 그런 수아의 얼굴을 보고 한 번씩 웃고는 화제를 돌렸다.

　"내 이야기는 이 정도로 하고. 설마 수아 네가 성녀로 인정받을 줄이야."

　"으."

　"성녀님."

　"악! 그렇게 부르지 마!"

　수아는 저도 모르게 의자에서 벌떡 일어났다. 테이블 위에 있는 과자와 티포트가 흔들거렸다. 아무리 들어도 민망하기 짝이 없는 호칭이다. 언제 익숙해지기나 할까.

　"왜, 아칸도르 제국 최초의 성녀. 두고두고 기록되겠네."

　"그니까, 그게…… 으아."

　"신의 시련을 넘어 세상을 구한 영웅에게 성녀가 함께 있다는 구도는 꽤 좋잖아? 위대한 영웅과 신성한 성녀님의……."

　"그만해!"

　아무리 봐도 놀리고 있다.

　"싫으면 다르게 부를까. 음, 예비 황태자비마마?"

　"악!"

　수아는 머리를 감싸 쥐었다. 둘 중 어떤 호칭이든 과분하다는 생각이 떠나질 않는다. 카르니언은 그런 그녀를 보며 한 번 더

웃더니, 조금 말투를 바꿔 말했다.

"성녀님은 몰라도 황태자비마마라는 호칭에는 좀 익숙해져야지. 지금 형님 입이 귀에 걸려 계시던데."

"어?"

"청혼 승낙했다며. 굉장히 엉망진창인 청혼을 네가 받아들여 줬다던데? 거의 발이 땅에 안 닿으시는 느낌이야."

"알이?"

"응. 뭐 폐하도…… 음."

거기서 카르니언은 잠깐 말을 끊었다.

"아, 버지도 기뻐하셨어."

그 말을 하는 카르니언의 표정은 이제까지와 다르게 사춘기 소년 같은 표정이라, 이번에는 수아가 웃었다.

"아버지?"

"어, 그러니까 폐하……. 으."

그는 잠깐 손으로 얼굴을 가렸다.

"아버지라고 부르는 건 완전히 포기했었는데."

"그렇게 부르라고 하신 거야?"

"응. 나보고도…… 소중한 아들이래. 단지 형님이 그렇게 됐는데 나를 인정하면, 형님의 존재를 지워버리는 것 같아서…… 그래서 더 외면했다고."

잠깐 그의 눈시울이 붉어지는 것도 같았다.

"사실 오늘도 저녁에 폐하…… 아니, 아버지와 형님과 식사하기로 했어."

그 표정이 마치 달콤한 사탕을 선물받은 어린아이와 같은 느낌이었다. 수아는 진심으로 잘됐다는 생각을 했다.

"그렇구나."

"응. 아직 내가 요리를 하는 건 말씀을 못 드렸지만……. 아니, 사실 알고 계실지도 모르지만, 기회가 되면 내가 한 요리를 대접해드리고 싶어."

"좋아하실 거야."

"난 아버지가 내게 실망했다고 생각했었거든. 그렇잖아. 형님은 그렇게나 뛰어나셨는데, 그다음으로 태어난 게 나고. 그래서 요리가 취미라는 것도 절대로 알릴 생각이 없었어. 황자답지 못하다고 한심해하실 거라고 여겼는데……. 그런데 그게 아니라는 걸 아니까, 언젠가 내가 정말 좋아하는 것에 대해서 말씀드리고 싶더라."

그는 쑥스러운 듯 웃었다.

"이런 느낌이 정말 생소해. 신기하고."

"잘됐잖아."

"응."

잠깐 서로 말이 없었다. 그러다 먼저 자리에서 일어난 건 카르니언이었다.

"엇차, 잠깐 얼굴 보러 왔다가 말이 길어졌네. 차까지 얻어 마시고. 그럼 난 이만 가볼게."

"아, 응."

"그럼, 앞으로도 잘 부탁해, 형수님."

그 소리에 수아의 얼굴이 확 달아올랐다. 카르니언은 그 얼굴을 보며 키득거리며 방을 나섰다. 수아는 잠깐 닫힌 문을 바라보다가 손으로 부채질을 했다.

아, 진짜.

그녀는 바로 시녀들을 불러 정리하게 하는 대신, 잠시 의자에 앉아 있었다. 아직 성녀니 예비 황태자비니 하는 호칭은 익숙해지긴커녕 듣는 것도 낯간지럽지만, 그래도 모든 게 제 궤도에 들어섰다는 느낌이 들었다.

수아는 남은 쿠키를 하나 입에 가져갔다. 고소한 버터의 풍미가 확 느껴졌다.

그래, 이거면 된다.

하르페니언이 그녀를 위해 목숨을 버리려고 했다는 사실 따윈, 그가 시작과 끝의 신전으로 간 건 실은 저주를 풀기 위해서가 아니라는 것 따윈 굳이 몰라도 될 진실이다. 그가 그녀를 위해 황제 위를 버릴 수 있다고 한 것도.

어차피 누구에게 말할 생각 따윈 없었지만 수아는 다시 한 번 그렇게 되새겼다.

수아는 잠깐 그렇게 앉아 있다가 이내 벨이 달린 끈을 잡아당 겼다. 시녀들을 부르기 위해서였다.

ೲೞ ೞೲ

눈을 뜨니 사랑하는 사람이 곁에 있었다.

수아는 그녀를 바라보는 황금빛 눈동자를 잠이 덜 깬 눈으로 바라보다, 이내 배시시 미소 지었다. 어둑한 방에 램프가 하나 켜져 있을 뿐이었지만 상대가 그녀의 애인이라는 걸 알아보는 데는 전혀 무리가 없었다.

"왔어요……?"

"깼나."

"많이 바쁘죠."

후암, 수아는 작게 하품을 하며 그의 품 안으로 파고들었다. 막 씻고 왔는지 욥의 향기가 은은하게 퍼졌다.

하르페니언은 그런 그녀의 허리에 자연스럽게 팔을 두르며 다 른 한 손으로는 그녀의 머리를 천천히 쓰다듬었다.

"오늘은 별일 없었어요?"

귓가로 나직한 목소리가 조용히 울리듯 들렸다.

"딱히. 곧 그대가 황태자궁으로 들어올 수 있을 거야."

"으응, 그건 좋네요."

현재 수아는 귀빈이 묵는 궁에 임시로 묵고 있었다. 처음에는 성녀궁을 따로 지정하여 그쪽으로 옮기자는 이야기가 나왔었는데, 수아가 하르페니언의 청혼을 승낙하면서 아예 그녀가 황태자궁으로 들어가는 쪽으로 진행되고 있었다. 그렇게 되면 지금보다는 생활이 좀 편해질 터였다.

물론 지금도 최고의 대접으로 그녀를 대우해주고는 있지만, 아무래도 그녀가 혼자 묵는 궁이 따로 있다는 것 자체가 꽤 불편했다. 성녀를 위한 보안이 철저하다 보니 누군가가 그녀를 「알현」하는 것도 절차가 꽤 복잡했고, 그녀가 궁 밖으로 나가는 일도 마찬가지였다. 그나마 하르페니언은 예외였고, 카르니언은 황자라는 신분 덕분에 쉽게 만날 수 있었다.

플로나와 아이린도 보고 싶고, 리노체스 부인도 만나고 싶고, 회궁에도 좀 가보고 싶고…….

물론 굳이 만나거나 가려는 걸 못 할 건 없지만, 그 과정이 복잡해질 것 같아 그냥 황태자궁으로 옮긴 다음으로 미뤄놓았다. 황태자궁으로 들어가게 되면 지금보다는 더 자유롭게 생활이 가능해지는 모양이었다.

"조만간 그대가 예비 황태자비로서 참여하는 연회가 열릴 거고."

"으아."

"저번에도 잘했으니, 이번에도 문제는 없을 거야."

둘이 연인 사이라는 건 신탁이 내리기 전부터 어느 정도 알려져 있던 사실이었다. 재판 때 수아가 하르페니언에게 공개적으로 입을 맞추기도 했으니, 알려고 하면 모를 리가 없었다. 단지 그전에는 대부분 관심이 없어 소문이 제대로 퍼지지 않았을 뿐, 지금은 성녀가 묵고 있는 궁에 황태자가 드나든다는 이야기가 계속 입을 타고 있었다.

단지 그렇게 멋대로 소문이 퍼지는 것과 공식적인 발표의 차이는 당연히 컸다. 지금이야 영웅과 성녀의 로맨스 정도로 이야기되고 있지만, 더 시간을 끌다간 이상한 추문 쪽으로 이야기가 변질될 수도 있었다. 시기상으로도 하루라도 빨리 둘이 결혼 예정이라는 걸 공표해야 할 때였다.

"음……. 그 연회에는 알이랑 같이 가는 거죠?"

"당연히."

예비 황태자비로서 얼굴을 보이는 연회에, 황태자가 빠질 리가 없다. 그 대답에 수아는 배시시 웃었다.

"그럼, 괜찮아요."

그 소리에 하르페니언은 그녀의 머리를 쓰다듬던 손으로 뒷목을 받치면서 수아가 자신을 바라볼 수 있도록 고개를 들게 했다.

"정말, 그대는……."

그리고 수아의 눈동자가 그의 금빛 눈동자와 마주치는 순간,

입술에 부드러운 것이 와 닿나 싶더니 그것은 이내 그녀의 입안을 깊이 파고들었다.

"읏, 응……."

수아는 자연스럽게 그 입술을 받아들이며 하르페니언의 어깨를 꽉 붙잡았다. 몇 번이고 오가는 입맞춤에 질척한 소리와 함께 자연스럽게 몸이 달아올랐다. 달뜬 숨이 내뱉어진다. 얇은 잠옷 사이로 뜨거운 체온이 느껴졌다. 그의 손이 그녀의 몸을 살살 어루만지기 시작했다.

"하아, 읍, 읏……!"

간신히 입이 해방되었나 싶었는데, 숨을 들이켜는 순간 다시 한 번 그의 입술이 덮쳐왔다. 수아가 공기를 채 다 마시기도 전에 그녀의 입을 막은 하르페니언은 더욱 깊게 그녀를 탐했다. 그의 손길에 따라 움찔 반응하는 그녀의 몸이 미치도록 사랑스러웠다.

하르페니언은 그대로 목덜미에 얼굴을 묻었다. 연약한 살에 그의 입술이 지나갈 때마다 자국이 남는다. 그제야 비로소 숨을 쉴 수 있게 된 수아는 가쁜 숨을 내뱉으며 눈물이 고인 눈으로 자신을 탐하고 있는 연인의 움직임을 좇았다.

"홋, 알……."

"수아."

곧바로 낮은 목소리의 응답이 온다.

그 목소리에 다시 한 번 확, 몸에 달콤한 감각이 피어올랐다. 스스로는 어떻게 할 수 없는 간지러움이 그녀의 배 속 깊은 곳을 때려댔다.

하르페니언은 더 이상 애를 태우지 않았다. 그는 거침없이 그와 그녀의 사이를 방해하고 있는 얇은 천을 벗겨냈다. 그리고 깊게 그녀의 안으로 침잠했다. 그 뒤로 수아는 더 이상 정신을 차릴 수가 없었다.

◦◦◦

"후아."

수아가 가늘게 숨을 내쉬었다. 그 옆에 누워 그녀의 어깨를 감싸고 있던 하르페니언이 약간 민망한 듯 작게 헛기침을 했다.

"큼, 괜⋯⋯찮나."

"그래 보여요?"

"⋯⋯아니."

그 솔직한 대답에 수아가 쿡쿡 웃었다. 그렇게 웃을 때마다 흔들리는 몸 여기저기가 아파온다는 게 문제였지만.

"가끔 보면, 알은 저 통째로 삼키려는 것 같아."

"음."

그 피하는 시선에, 수아는 자신이 정답을 말했다는 걸 알아챘다. 도대체 이 남자는.

결국 수아는 입을 살짝 삐죽이며 타박 아닌 타박을 했다.

"여름인데, 드레스 입는 것도 신경 쓰이잖아요. 괜히 시녀들에게 눈치 보이기도 하고요."

"그, 힐링연고를 바르면……."

"그건 싫어요. 알이 남긴 흔적을 지우라고요?"

그 소리에 잠깐 침묵이 있었다. 뭔가 이상한 낌새에 그를 힐끗 본 수아는 순간 흠칫하며 반사적으로 덮여 있던 이불을 꽉 쥐었다. 숨길 수 없는 어떤 욕망이 그의 얼굴에 뚜렷이 드러나 있었다.

"자, 잠깐만요. 알?"

"큼, 아니……."

그가 다시 그녀의 시선을 피하며 고개를 돌렸다. 하지만 수아는 자신이 지금까지 꽤 무리한 상태가 아니었다면 뭔가가 다시 시작되었으리라는 걸 알았다.

"뭐예요……. 으아, 아직도예요?"

"그……."

고개를 돌린 그의 귀가 붉었다.

"아직도가 아니라…… 언제나야."

"네?"

"계속 그대가 날 자극하니까……. 유혹을 기대하겠다고는 했지만, 이건……."

"네?"

"그대는 스스로가 얼마나 강렬하게 행동하는지 모르는군."

"……네?"

수아는 멍하니 몇 번이나 되물으면서 방금 한 대화를 비롯하여 하르페니언이 이런 반응을 보였던 몇몇 대화를 되돌아보았지만, 그다지 특별히 뭔가가 있는 것 같지 않았다. 심지어 「유혹」이라느니 「강렬」이라느니 하는 단어를 쓸 만한 건 특히나.

그냥, 알이 뭔가에 씐 것 같은데.

"그…… 평소에 너무 참아서 그런 거 아니에요? 아무리 생각해도 딱히……."

"아니."

그가 다시 수아를 똑바로 바라본다.

"평소가 아니라, 언제나 참고 있어."

"네?"

그럼 아까는? 아니, 계속 아까처럼 이런 짓 저런 짓 할 때는? 수아가 이해를 하지 못해 몇 번 눈을 깜박이자, 하르페니언은 잠깐 말을 끊었다가, 곧 단호하게 말했다.

"내가 억제하지 않으면 그대는 며칠이고 침실에서 나가지 못할 테니."

처음에는 잠깐 무슨 소린지 이해하지 못했다. 하지만 곧 그 뜻이 머리로 파고들자 수아의 얼굴이 서서히 달아올랐다.

"그, 그거……."

"내가 그대를 감금하고 싶다는 말에, 어떤 의도까지 들어 있었는지 그대는 짐작도 못 했겠지."

맙소사. 수아는 더 이상 견디질 못하고 그냥 고개를 돌리며 눈을 꽉 감아버렸다. 아니, 그게…… 그건……. 너무 부끄러워서 어찌해야 할지를 모르겠다.

"수아. 날 봐."

몸이 부드럽게 돌아가는 것이 느껴졌다. 그가 그녀의 몸을 자신 쪽으로 돌렸으리라.

"수아."

다시 목소리가 들려온다. 하지만 수아는 차마 눈을 뜰 용기가 나지 않았다. 이상하다. 솔직히 할 거 못 할 거 다 한 사이인데도 저런 말로 이렇게까지 부끄럽다는 건.

"눈 떠."

결국 그녀는 천천히 눈을 뜰 수밖에 없었다. 예상대로 하르페니언의 얼굴이 바로 그녀의 눈앞에 있었다.

"알……."

하르페니언은 가늘게 떨리고 있는 수아의 속눈썹을, 그 안에 물기 어린 검은 눈동자를 바라보았다.

이렇게 가까이 있으면, 그녀의 눈동자는 그 외에 다른 것을 담지 못한다. 그 감각이 지극히 만족스러웠다.

"언제나, 그대를 원해."

사실 지금 그녀에게 한 말도 그의 심정을 온건히 나타낸다고 볼 수는 없었다. 원한다는 온건한 단어에 그의 바람을 어디까지 담을 수 있는 걸까. 그래도 하르페니언은 언어라는 것이 있음에 감사했다. 마음의 일부라도 표현할 수 있기에. 또 반대로, 언어로 순화되기에 그녀가 그의 탐욕스러운 속을 완전히 알지는 못할 것이기에.

"그대는 날 행복하게 해준다고 했지."

하르페니언은 부드럽게 미소를 지었다.

"그렇다면 솔직한 그대를 나에게 줘. 기쁠 때뿐만이 아닌 슬픔도, 원망도, 그리움도…… 그대가 느끼는 모든 걸 말해줘."

한때는 아무 말도 하지 않는 것이 그녀를 위한 것이라 생각했다. 하지만 수아는 그 어설픈 보호막을 거부했다. 그 막을 찢고 그 옆에 앉아 모든 걸 나눠달라 말했고, 그녀의 그런 행동 덕분에 하르페니언은 삶을 함께 나눈다는 충족감을 처음으로 맛볼 수 있었다.

하지만 결국 그는 가장 중요한 사항을 그녀에게 말하지 못했다. 그녀를 살리기 위해서라는 건 허울 좋은 핑계였다. 하지만 살아남은 후 다시 돌이켜 보니 하르페니언은 그것이 상대에게 얼마나 잔인했는지 알게 되었다.

그녀가 강하다고? 그러니 시간이 지나면 자신을 잊고 잘 살게 될 거라고? 말도 안 되는 소리다. 만약 그녀가 같은 상황에서 대신 죽었다면, 그는 과연 견딜 수 있었을까? 수아도 그를 위해 목숨을 버리려 할지 모른다는 것까지 알았으면서, 이미 그 정도로 그녀의 마음이 깊어진 걸 알았으면서…… 왜, 그녀가 당연히 다른 남자와 함께 살아갈 거라고 상상하며 멋대로 그녀의 미래를, 마음을 재단했을까.

견딜 수 없이 미안해졌다. 그러나 수아는 그가 사과하는 걸 좋아하지 않는다. 그래서 그는 미안하다는 말을 하는 대신, 그의 삶까지 모두 결정할 선택권을 그녀에게 넘겼다. 그녀는 황제가 되라는 말로 그걸 그에게 되돌려주었지만.

"나 또한 맹세하지. 결코…… 두 번 다시 그대를 속이는 일은 없을 거야. 이제 거짓말 같은 건, 하지 않을 테니까."

하르페니언은 수아의 검은 눈동자가 놀란 듯 한 번 크게 뜨였다가, 이내 그 안에 천천히 미소가 채워지는 것을 바라보았다.

그는 이때가 가장 좋았다. 그녀가, 그를 보며 웃어주는 이 순간이. 그녀는 정말 기쁜 듯 웃었다.

"알이 먼저 그렇게 말하다니…… 와, 이래서 사람은 변한다고 하나 봐요?"

"수아."

"알았어요. 약속할게요. 알이야말로 그 맹세, 잊지 마요."

그 말과 함께 수아가 다시 그의 품 안으로 들어온다. 그녀는 그의 등을 팔로 둘러 그에게 몸을 꼭 붙였다. 하르페니언도 그런 그녀의 등에 팔을 둘렀다.

느껴지는 체온이 약간 더울 만도 했지만, 지금 그런 건 느껴지지 않았다. 단지 지금보다 더 행복한 순간이 있을까 생각할 뿐이었다.

ᴏᴇᴏ ᴏᴀᴏ

새하얀 옷이었다. 수아는 긴장으로 꿀꺽 침을 삼켰다.

"음, 이상한 곳 없지?"

"전혀요."

"아름다우세요!"

시녀들이 그런 그녀를 칭찬했다. 하지만 차려입은 주인에게 최악이라고 평을 하는 고용인은 없을 터였다. 수아는 여전히 불안해 거울에 비친 자신의 모습을 다시 한 번 바라보았다. 꽤 공들여 화장을 하고 온통 새하얀 색의 드레스를 입은 여자가 거울 안에서 그녀를 바라보고 있었다.

귀에는 하얀 원석의 작은 귀걸이가 걸려 있었다.

자신의 얼굴이지만 낯설었다. 이렇게까지 정성껏 꾸민 것은 전에 살던 세계와 이곳을 통틀어도 난생처음이었다.

드레스는 꽤 화려했지만, 모두 다 하얀색이기 때문인지 아니면 디자인 자체가 노출이 많이 없기 때문인지 전반적으로 단아하고 우아한 분위기를 풍겼다. 자세히 들여다보지 않는다면 화려하다는 것도 거의 알 수 없으리라.

저번 「성녀」를 공표하는 자리는 너무 급작스러웠다. 드레스도 필사적으로 수선했지만 완전히 몸에 딱 맞는다고 할 수 없었고, 꾸밀 시간도 부족했다. 무엇보다 그것도 거의 신경 쓰이지 않을 정도로 정신이 없기도 했다.

수아는 드레스로 다 가려지지 않는 피부 쪽을 한 번 더 유심히 살폈다. 결국 힐링포션을 바른 후 흔적이 모두 없어진 것을 확인했고, 지금은 그 위에 분마저 한 번 칠한 상태임에도 아무래도 전전긍긍하게 된다. 다행히 피부는 딱히 걸리는 것 없이 매우 깨끗하고 매끄러워 보였다.

오늘은 정식으로 예비 황태자비의 발표가 있는 날이었다.

아니, 정확히는 신의 사자가 황태자의 반려가 될 예정이라는 건 이미 황제의 이름으로 공표가 됐다. 오늘은 그 공표를 널리 알리고 확고히 하는 연회였다. 수아가 예비 황태자비로서 연회에 참여해 모습을 보이고, 황태자비가 된다는 것에 반대한다는 뜻만 보여주지 않는다면 그 공표는 힘을 얻는다.

따라서 오늘 그녀가 뭔가를 특별히 할 것은 없었다. 연회에 참가해 끝까지 문제없는 모습만 보여주면 된다. 오늘 연회가 어떻게 어떤 순서로 진행될 거라는 것까지 모두 들었지만, 그래도 떨리는 건 어쩔 수가 없었다.

그렇게 얼마나 있었을까. 노크 소리가 들려왔다. 시녀 한 명이 얼른 달려가 문을 열자, 그 문 너머에는 하르페니언이 서 있었다. 시녀들이 깊게 고개를 숙였다.

"수아."

그가 그녀에게로 다가왔다. 수아는 넋을 놓고 그의 모습을 보았다.

평소 그가 입던 검은색 옷이 아니었다. 하얀색 정장에 금색 장식을 늘어뜨린 하르페니언의 모습에 수아는 살짝 입을 벌렸다. 순간 정말 시간이 멈춘 것같이 느껴질 정도였다. 물론 옷의 색이 바뀐 것 때문만은 아니었다. 수아가 치장한 것처럼 그도 머리카락을 단정하게 다듬어 뒤로 넘겼으며 옷 자체도 상당히 화려했으니까.

수아는 정말 사람에게 빛이 난다는 게 어떤 것인지 이 순간 확실히 체감했다.

그가 수아를 보며 미소 짓는다. 가슴이 두근거렸다.

가뜩이나 그의 얼굴에서 문신이 사라진 후에는 그의 얼굴을 바라보는 것이 심장에 좋지 않았다. 붉은색의 복잡한 무늬가 없어진 그의 얼굴은 훨씬 더 잘생겨 보인다는 것도 있었지만, 무엇보다도 현실의 「남자」라는 느낌이 좀 더 확 와 닿기 때문이었다. 그런데 이렇게 꾸미기까지 하면…….

"아름다워."

그녀에게만 들리도록 소곤거리는 그 목소리에 수아의 귀가 확 붉어졌다.

"그…… 알도요. 굉장히 멋져요."

"꾸민 보람이 있는걸."

"다들 알에게서 눈 못 뗄 거예요."

"누가 할 말을."

그렇게 몇 마디 대화를 나누니 아주 약간이나마 긴장이 풀린 것 같았다.

"이게 결혼식이었으면 좋겠군."

하지만 다음 순간 하르페니언의 말에 수아의 얼굴이 다시 확 달아올랐다. 하르페니언은 그런 그녀를 보며 작게 웃었다.

"그럼 갈까."

하르페니언이 그녀를 향해 손을 내밀었다. 그녀는 반사적으로 그의 손에 자신의 손을 얹었다.

그리고 그의 에스코트와 함께 연회장으로 향했다.

"황태자 전하와 예비 황태자비마마 드십니다!"

이번에도 연회장으로 들어서자마자 수많은 눈길들이 그녀에게 쏟아졌다. 저번보다는 그나마 정신을 좀 더 차리고 있어서인지 귀족들의 표정과 옷차림이 눈에 들어왔다. 그러자 수많은 시선들이 그녀를 쳐다보고 있다는 게 확 인식이 되었다. 순간 수아는 뒷목이 뻣뻣해지는 것을 느끼며 걸음을 멈출 뻔했다.

하지만 다음 순간 그녀의 손을 잡고 에스코트하고 있는 하르페니언이 느껴지고, 그다음으로 그의 부드러운 황금빛 눈동자가 그녀와 마주쳐왔다. 그러자 굳어버릴 뻔한 다리가 다행히 의지대로 움직였다. 수아는 하르페니언이 잡고 있는 손을 꼭 붙잡았다.

그렇게 연회장을 가로질러 수아와 하르페니언은 준비되어 있는 자리로 향했다. 이번에는 황제가 가장 나중에 들어올 예정이라고 미리 들었다.

직계 황족만이 앉을 수 있는 그 자리에는 수아로서는 처음 보는 여자와 카르니언이 먼저 앉아 있었는데, 누구인지는 설명 없이도 바로 알 수 있었다.

카르니언의 어머니, 그리고 이 나라의 귀비.

아름다운 사람이었다. 카르니언 정도로 장성한 아들이 있을 거라고 생각되지 않는 외모였다. 머리부터 발끝까지 모두 꾸미고 관리를 받았다는 것이 한눈에 들어왔고, 흔한 색인 초록색 머리카락이 마치 실크처럼 보일 정도였다. 단지 말로만 전해 들었을 때는 오만한 스타일의 귀부인을 생각했는데, 실제로는 오히려 기가 좀 약해 보이는 느낌이었다. 드레스도 액세서리도 예상보다 화려하지 않았다. 하지만 그게 오히려 그녀에게는 더 잘 어울렸다.

귀비는 카르니언의 어머니라는 것을 한눈에 알 수 있을 정도로 닮아 있었다. 머리카락 색도 다르고 하나하나 뜯어보면 이목구비가 딱히 닮지는 않았지만 전반적인 분위기와 상대에게 호감을 주는 친숙한 첫인상이 매우 비슷했다.

"황태자 전하와 예비 황태자비마마를 뵙습니다."

"오셨습니까, 형님. 황태자 전하를 뵙습니다. 그리고 성녀님, 예비 황태자비마마를 뵙습니다."

둘이 의자에 가까이 가자 귀비와 카르니언이 일어나 각각 인사했다. 그리고 수아는 카르니언의 입가에서 짓궂은 미소를 본 것도 같았다. 정말, 이런 자리에서까지 저렇게 놀리고 싶나.

어차피 귀족들로부터는 등을 돌리고 있었기에 살짝 노려봐 주니 카르니언의 미소가 더 짙어졌다.

먼저 하르페니언이 화답했다.

"오래간만에 뵙습니다, 귀비마마."

"……예."

정확히는 그날, 아홉 살 생일 이후 처음이다. 귀비는 조금 창백해진 얼굴로 시선을 내리깔았다. 그를 꺼려하는 것은 분명했으나, 사실 하르페니언은 딱히 귀비에게 감정이 없었다. 아니, 오히려 조금은 동정을 느꼈다.

처음부터 귀비의 선출은 굉장히 사무적이었다. 거기에 호감이나 사랑 따위가 끼어들 여지는 없었다. 그저 가신들이 선출한 후보들 중 외척이 문제를 일으킬 것 같지 않고 본인의 성격도 그다지 강하지 않은 이 여자를 황제가 고른 것뿐이다.

귀비는 그 위치를 받아들였다. 딱히 사랑받지 못하는 것도, 자신의 아들이 곧바로 황자로 인정받지 못하고 왕자에서 머무는 것도. 그런데 하르페니언이 저주를 받고 카르니언이 황자로 승격된 후에는 카르니언이 황제가 되는 것이 당연하다 다들 그리 말했다. 그 말에 황태후를 꿈꿨던 것이 무어가 잘못일까. 그마저도 하르페니언의 저주가 풀렸다는 소식에 곧바로 상황에 순응하기로 하였는데. 어찌 보면 그녀를 귀비로 선출한 황제의 눈이 옳았다 할 수 있을 것이다.

"멋지구나, 카일."

"감사합니다……만, 형님이 더 그러신걸요."

하르페니언의 말에 카르니언이 씩 웃으면서 대답했다. 그도 평소보다는 훨씬 더 꾸민, 그리고 새하얀 복장으로 확실히 멋있어 보이긴 했다.

"두 분 다 반갑습니다."

수아는 외웠던 것 중에 가장 무난한 문구로 화답했다. 솔직히 아직도 안절부절못하는 기분이었다. 카르니언은 둘째 치고 귀비 마마에게는 넙죽 인사라도 해야 할 것 같았다. 여관으로 일하던 자신에게 이런 날이 올 거라고 이야기를 했다면, 정신이 어떻게 됐느냐는 타박만을 받았을 터였다.

"이쪽으로, 수아."

하르페니언이 수아가 의자에 앉을 수 있도록 도와준 다음 그도 자리에 앉았다. 황제의 자리가 가장 위였고, 그 왼쪽 옆에 하르페니언과 수아의 자리가 있었다. 오른쪽 옆에는 둘의 자리보다 한 칸 낮게 카르니언과 귀비가 앉아 있었다.

수아는 자리에 앉아 주변을 둘러보았다. 제1중앙홀에 들어온 것도 벌써 세 번째지만, 오늘처럼 제대로 꾸며놓은 모습을 보는 건 처음이었다. 가뜩이나 화려한 홀을 더 꾸며 눈이 부셨다. 여기에 은은하게 악사들이 연주하는 음악 소리가 들려왔고 간단히 먹을 수 있게 차려놓은 음식들의 달콤한 향기까지 맴돌았다.

모여든 사람들도 저번과는 달리 연회에 참가하기 위해 여러모로 힘을 준 복장들이었다.

온갖 보석과 화려한 드레스로 치장하고 있는 귀부인과 다양한 정복으로 멋을 내고 있는 귀족 남자들.

그 안에 자신이 있는 것이 잘 믿어지지 않았다.

수아가 작게 한 번 숨을 들이켰을 때였다.

"황제 폐하 드십니다!"

그 말에 연회장 안에 있는 사람들이 입구를 향해 몸을 돌렸고, 황족들도 자리에서 일어났다. 수아도 서두르는 것처럼 보이지 않도록 푹신한 의자에서 몸을 일으켰다.

황제가 연회장 안에 들어서자, 남자들은 깊게 허리를 숙이고 여자들은 치맛자락을 잡아 고개를 숙여 예를 갖췄다. 황제는 가족들이 있는 곳으로 연회장을 가로질러 걸어왔다. 이렇게 보는 황제의 얼굴은 확실히 예전에 비해 느낌이 꽤 달랐다. 전에는 무슨 생각을 하는지 모르는 빛바랜 벽 같은 느낌이었다면 오늘은 확실히 생기가 넘쳤다. 엷은 미소를 띠고 한눈에 봐도 활기가 도는 동작으로 이쪽으로 걸어온다.

수아는 저도 모르게 하르페니언을 힐끗 쳐다보았다. 그 또한 엷은 미소를 지은 채 자신의 아버지를 바라보고 있었다.

아.

그녀는 새삼 깨달았다. 하르페니언의 얼굴이 생기 있어지고, 좀 더 여러 표정이 많아졌다 생각한 것은 단순히 문신이 없어졌기 때문만은 아니라는 걸.

더 잘생겨 보이고 더 남자처럼 느껴지는 것도 역시 문신이 사라진 덕분만은 아니리라.

"축하한다, 하르페니언."

황제의 말에 하르페니언이 고개를 숙이며 답했다.

"감사합니다, 아버지."

어떤 것에 대한 축하라는 걸 떠올린 수아는 살짝 뺨이 붉어지는 걸 느꼈다.

황제는 하르페니언의 어깨를 두어 번 친 후 수아에게 시선을 돌렸다.

"내 아들을 잘 부탁드리오."

"제, 제가 드릴 말씀입니다. 폐하."

순간 말을 더듬었다는 것에 당황했다가, 이내 이곳은 귀족들과 자리가 멀어서 말이 들리지 않으리라는 걸 떠올렸다. 그 당황하는 모습에 황제가 인자하게 미소를 지었다.

"이 자리까지 나와주다니 든든하구나, 카르니언. 내 아들."

"과찬입니다, 아버……지."

카르니언의 얼굴에 홍조가 도는 것이 보였다.

"오늘도 아름답구려."

"영광입니다, 폐하."

귀비가 조심스럽게 답변했다. 그녀는 복잡한 심경인 것 같았지만 그걸 굳이 겉으로는 드러내지 않았다.

황제가 먼저 자리에 앉자, 그 뒤로 수아와 다른 황족들도 모두 자리에 다시 앉았다.

황제가 선언했다.

"오늘 연회에 참여해주어 기쁘오. 이 연회가 내게 어떤 의미인지 다들 알리라 믿소."

그 목소리는 조금 전과는 달리 연회장 전체로 웅웅 울렸다. 확성마법. 마법을 켜는 온오프 스위치라도 있는 걸까.

"그럼 모두 연회를 즐겨주시오."

그 말과 동시에 화려한 음악이 연주되기 시작했다. 연회의 시작이었다. 그리고 연회가 끝날 때에는, 수아는 제국의 예비 황태자비로서 완전히 인정받게 될 것이다.

그녀는 심호흡을 하고, 고개를 똑바로 들고 허리를 곧추세웠다.

수아의 선택

No. 3
Epilogue

"후아."

수아는 따뜻한 목욕물에 몸을 담갔다. 오늘은 평소와 향유가 조금 달랐다. 상쾌한 향이 정신없는 머리를 조금 맑게 해주는 듯했다.

연회는 어찌어찌 무사히 끝났다. 아니, 무사한가. 크게 무슨 일이 없었으니 무사한 거겠지, 뭐.

물론 연회에서 한 일은 자리에 앉은 채 그녀에게 몰려들던 사람들과 대화를 나눈 것이 다였다. 크게 중요한 내용은 없었던 것 같다. 어떻게든 수아에게 기억되려고 하던 사람들에게는 미안하지만 대화의 내용도 그 얼굴도 제대로 기억이 나지 않는 걸 보면. 그래도 굉장히 녹초가 되어버렸다.

예비 황태자비마마라.

사실 수아는 그 호칭이 얼마만큼 무게를 지니고 있는지 아직도 실감이 나지 않았다. 그녀는 그 호칭을 굉장히 빨리 받았다는데, 그래서 그런 걸지도 모르겠다.

황족의 결혼은 복잡하다. 특히 보통 황족도 아닌 황태자의 결혼은 국혼이나 마찬가지기에 약혼식만 총 세 번을 거치고, 세 번째 약혼식까지 무사히 치러지면 그 후에나 간신히 예비 황태자비라는 호칭을 정식으로 받아 황태자궁으로 들어갈 수 있다고 했다. 즉, 그때부터 황족 취급을 받는 것이다. 반대로 말하면 세 번째 약혼식 전에는 파혼이 그다지 어렵지 않기에 보통은 약혼 기간을 2년, 길게는 5년까지도 유지한다는 말에는 혀를 내두를 수밖에 없었다.

이번에는 그 기간을 최대한으로 줄여보겠다고는 하지만…… 그래도 결혼까지 최소 1년은 걸릴 거라니. 참 결혼이 쉬운 게 아니구나 싶었다.

하긴 급할 건 없었다. 예비라고는 해도 이미 인정은 받은 상태이니, 그사이에 차근차근 공부도 하고, 익힐 것도 익히고……. 그러고 보니 원래 이런 연회 자리에서는 하르페니언과 함께 한 곡 정도라도 춤을 춰야 한다고 했다. 이번에야 시간이 없다는 핑계로 생략했지만 설사 기간이 넉넉해 연습할 수 있는 시간이 많더라도 그 수많은 사람들 앞에서 실수 없이 움직이는 게 가능한 날이 오기나 할까.

오늘 하르페니언은 참 멋졌다. 카르니언도 꽤 멋있었고. 그러고 보니 황제 폐하는 젊었을 때 어떠셨을까? 하르페니언과 비슷했을까?

수아는 물에 몸을 담근 채 이런저런 생각을 하다가, 이내 하품을 크게 하고는 몸을 일으켰다. 오늘은 하르페니언도 오지 않는다고 했으니, 푹 쉬는 것만 생각해야겠다.

수아는 밖에서 대기하는 시녀가 들어올 수 있도록 벨이 달린 끈을 잡아당겼다.

꽃꽃꽃

눈을 뜨니 새까만 어둠이었다. 어두운 방.

수아는 침대에서 몸을 일으켰다.

꿈이구나. 수아는 곧바로 그걸 알았다. 그리고 지금 자신이 왜 이 꿈을 꾸고 있는지도.

"안녕?"

목소리가 들려왔다.

"안녕, 시우야."

수아가 회답했다.

눈앞에 상대의 모습이 점점 드러났다. 저번에 마지막으로 봤던, 기억 속의 친구와 딱히 다를 바 없는 모습이었다. 그녀는 수아에게로 다가와, 침대 곁에 있는 작은 의자에 앉았다.

"응, 수아. 오랜만인가?"

"나에게는 그래. 1년이 넘었거든. 넌 어때?"

"난 아직. 너와 만나서 열쇠 이야기를 해준 게 5일 전이었으니까."

아무렇지도 않게 그런 대화가 이어졌다.

한때는 같은 세계, 같은 시간대에서 살았지만 이제는 완전히 그 길이 갈려버린 친구다. 같은 세계로 오긴 했지만 시간대는 맞추지 못했다. 수아에게 시우는 먼 과거로, 시우에게 수아는 먼 미래로 왔다. 그럼에도 이렇게 만날 수 있다는 것 자체만으로도 기적이라고 해야 할까.

"내가 널 다시 만나게 됐다는 건, 저주를 무사히 풀었다는 소리구나. 다행이야. 걱정했어."

그녀는 진심으로 안도하는 표정이었다. 그때 시우는 「잘하면」 한 번 더 만날 수 있을 거라고 말했었다. 지금은 수아도 그게 무슨 소리인지 알았다. 잘되지 못하면 하르페니언뿐만 아니라 수아까지 죽었을 테니 만날 기회 따윈 생기지 않았을 것이다.

"응. 꽤 다사다난했어."

"그래? 일이 많았구나."

"시우 너, 나에게 일어난 일 모두 알고 있는 거 아니었어?"

수아의 미래는 수많은 갈래가 있고, 따라서 수아의 선택에 따라 시우를 만나지 못했을 수도 있다고 하긴 했었다. 하지만 이렇게 저주를 풀었다는 결론이 났다는 건 그녀가 어떤 선택을 했고 어떤 길을 걸었다는 걸 이미 아는 상태일 거라고 생각했다.

하지만 시우는 고개를 저었다.

"아냐. 말했잖아. 모든 일이 끝나면 너는 나보다 이 일에 대해 더 잘 알게 될 거라고. 난 저주가 풀리는 조건이 뭔지도 모르고 어떤 일이 있었어야 했는지도 몰라. 내가 아는 건 저주와 세계의 존속이 관계가 있다는 것, 저주가 풀리면 세계가 정상으로 돌아온다는 것, 그리고 그 저주를 푸는 열쇠가 너일 거라는 것. 그 외의 세부적인 걸 조금 더 알긴 하지만 거의 모른다고 보는 게 맞을 거야."

"그럼 그 석판은? 나보고 회궁으로……."

"그거야 너랑 어떻게든 만나기 위해 노력한 결과지. 난 필사적으로 너에 대해서 읽어보려고 했거든. 근데 도통 보이질 않더라. 그래도 간신히 네가 황궁에서 일하고 있는 장면을 잠깐 볼 수 있었어. 황태자와 그 궁……이라고 해야 하나? 아무튼 거기서 사람을 뽑네 어쩌네 한 대화였던 것 같아. 나도 저주를 받는 대상이 황태자라는 것 정도는 알고 있었고, 그래서 그냥 그렇게 새겨본 거야. 일단 둘을 만나게 해야지 뭐가 된다는 건 잘 알고 있었으니까."

수아는 살짝 입을 벌렸다.

"그거……."

"응, 찍은 거지."

시우는 가슴을 쭉 펴며 말했다. 수아는 당황하여 그런 그녀를 바라보다가, 이내 그녀가 원래 이런 성격이었다는 걸 떠올렸다. 시우는 뭔가 고민하며 생각하기보다는 일단 움직이고 질렀다.

"그나마 내가 할 수 있었던 건 수아 네가 그 글을 볼 확률을 최대한 높여주는 것 정도였어. 난 네가 그 글을 어떤 식으로 봤는지, 정말 자원을 했는지 아닌지도 몰라. 애초에 자원하라는 그 말이 그 상황에서 제대로 된 조언이었는지도 모르고. 그래도 결과적으론 잘됐잖아?"

그 당당한 말투에 수아는 웃어야 할지 울어야 할지 모르는 상태가 됐다. 어, 물론 도움이 되긴 됐는데……. 혹여나 시우가 대충 때려 맞힌 것과는 완전히 다른 상황이었으면 어쩌려고. 아예 외국이나 황궁이 아닌 다른 곳으로 자원하는 상황이었으면……. 수아는 그런 생각을 하다가 이내 작게 한숨을 내쉬었다. 그래, 어쨌거나 시우의 말이 맞긴 했다. 결과적으로는 잘됐다.

"확실히 도움이 되긴 했어."

"그래? 다행이네. 아무튼 그 덕에 나도 너랑 연결돼서 이렇게나마 만날 수 있는 거고. 이게 마지막이라는 게 아쉽지만."

"마지막이라고?"

시우는 안타깝다는 듯 말했다.

"응. 가끔이라도 만날 방법이 없나 했는데, 아무래도 과거와 미래가 맞닿는 건 별로 좋지 않은 영향을 미친다고 하더라. 그래서 안 된대. 지금 이것도 굉장히 편법적인 거라고 하고."

그 소리에 수아도 굉장히 섭섭해졌다. 계속해서 마음에 걸렸던 친구이기도 했고, 이 세계에 와서도 유일하게 만날 수 있던 이전 세계의 사람이기도 했다. 하고 싶은 이야기도 듣고 싶은 이야기도 참 많았다. 시간만 충분하다면 커피, 아니 이 세계 방식으로 차라도 마시면서 구구절절 이야기를 듣고 또 하고 싶었다.

"아쉽네. 그래도 인사를 할 수 있어서 다행이야."

"응. 사실 너나 나나, 그때 이후로 영영 만나지 못하고 소식도 모른 채 끝났어야 하는 게 원래 운명이었을 테니까."

시우는 작게 한숨을 내쉬었다.

"참, 그리고 지금은 인사만 하러 온 게 아냐. 마지막 선택이 남아 있다는 것을 알려주러 왔어."

"선택?"

"말했잖아. 모든 일이 끝나면, 그때가 되면 넌 돌아갈 수 있다고."

수아는 별로 놀라지 않았다. 시우의 말을 잊은 적은 단 한순간도 없었다. 언제나 그녀의 세계로 돌아가야 한다는 고민의 바탕에는, 돌아갈 수 있다는 시우의 말이 있었다.

그래서 시작과 끝의 신전에서 나온 후부터는 언제 꿈을 꿀까 기다리기까지 했다. 오히려 지금은 그녀의 생각보다 늦은 감이 있었다.

수아는 빙긋 웃었다.

"안 돌아갈래."

"어?"

"선택이라는 건, 내가 택할 수 있는 길이 최소한 한 개 이상이라는 이야기잖아. 거기에 남는다는 선택지가 있는 거지? 그럼 다른 항목에 대해선 안 들어도 돼. 그냥, 난 여기에 남겠어."

시우는 꽤 당황한 것 같았다.

"잠깐, 수아 너는 가족이 있지 않아? 부모님이랑……."

"됐어."

수아는 얼른 시우의 말을 끊었다.

"고민 많이 해보고 내린 결론이야. 많이…… 죄송스럽긴 한데, 그리고 보고 싶지 않으냐고 물으면 당연히 그립긴 한데……. 그래도, 알이랑 헤어지고 못 보는 게 더 힘들 거 같더라."

수아는 씁쓸한 미소를 띠었다.

"진짜 불효자식이지. 친딸도 아닌 걸 길러났더니 절벽에서 떨어져 가슴에 대못이나 박고. 이렇게 돌아가지 않으면 죽었을 거라고 평생 생각하실 거, 뻔히 알면서. 그래도…… 난 돌아가는 것보다 여기에 있는 게 더 행복할 것 같아."

시우는 잠깐 말이 없었다. 그러다 이내 고개를 끄덕였다.

"그래. 가뜩이나 이런저런 생각 많은 네가 그렇게 결정한 거면 그게 맞겠지. 나도 뭐, 이 세계에서 행복을 찾았으니까."

"시우야."

"그런데 그 말을 해야 할 상대는 내가 아니야. 난 그냥 곧 선택의 기회가 올 테니 마음의 준비를 하라고 말해주려고 한 것뿐이니까."

"뭐?"

"내가 무슨 힘이 있어서 널 본래 세계로 되돌려주고 되돌려주지 않고를 하겠어. 그쪽에 있지? 이 일의 전말을 수아 네게 알려 준 존재. 그 존재가 곧 네 선택을 물을 거야. 자세한 설명도 같이 해주겠지. 사실 난 어떤 선택지가 있는지도 몰라. 그저 미리 대답을 준비하라고 알려주러 온 거야. 근데 네가 이렇게 마음이 확고하다면 굳이 말을 꺼낼 필요도 없었네."

그 존재라면 누군지 뻔했다.

"아냐. 그렇지 않아도 네가 언제 꿈에 나타나나 기다리고 있었거든. 그럼 실바코프 씨…… 아니, 여기 있는 드래곤에게 말하면 되겠네."

"어머?"

시우가 고개를 갸웃했다.

"실바코프? 그 실버 드래곤 해츨링?"

"해…… 뭐?"

"아, 여기에도 같은 이름의 어린 실버 드래곤이 있거든. 성인이 안 된 드래곤을 해츨링이라고 하는데……. 그 심판인지 감시자인지가 드래곤이야? 본체 본 적 있어?"

"본체?"

"드래곤 모습."

어쩐지 시우는 드래곤이라는 존재가 굉장히 익숙한 듯했다. 수아는 드래곤에 종류라는 게 있는지도 몰랐다. 더구나 지금 시우의 말을 듣고 나서야 비로소 지금 은발을 한 인간의 모습이 그의 본모습이 아닐 거라는 데 생각이 미쳤다. 하긴 수아가 떠올리는 드래곤은 무슨 도마뱀에 날개가 있는 그런 모습이었다. 물론 세계가 다르니 완전히 똑같다고는 볼 수 없겠지만, 세계끼리 교류하면서 기본 개념은 통한다고 하니 지금과 같은 인간 외형이 본모습은 아닐 것 같았다.

"본 적 없어. 그러고 보니 너희 시대 땐 인간이 다른 종족들과 어우러져 산다고 했던가?"

"어라, 너넨 아냐?"

"응. 다 사라져서 인간 외에는 없다고……. 물론 이제는 돌아온다지만."

"헤에, 그렇구나……."

시우가 잠깐 눈을 동그랗게 떴다가, 이내 씩 웃었다.

"뭐 대충 인사도 했겠다, 선택에 대해서도 말했고……. 그럼

네 잠이 깰 때까지 잡담 좀 안 할래?"

반가운 소리였다.

"물론이야. 음, 차가 없는 게 좀 아쉽네."

"으. 그 마시는 향수 같은 게?"

시우가 파르르 어깨를 떨었다. 그 표정도 상당히 일그러져 있어, 수아는 저도 모르게 피식 웃었다.

"차 싫어했어?"

"응. 무슨 맛으로 마시는지 모르겠어. 진짜 이 세계에선 어디를 가나 여기저기서 차를 내놓는데…… 그나마 차갑게 내놨으면 보리차 같은 거라고 생각하고 마시기라도 하지, 그것도 다 뜨거운 차야. 어휴."

그렇게 투덜거린 시우는 수아 쪽으로 불쑥 몸을 내밀며 물었다.

"아무튼 그 꼬마…… 실바코프가 그거라고?"

"일단 이름은 그게 맞아. 그런데 무슨 드래곤이라는 건 잘 모르고, 본체라는 것도 못 보긴 했는데……."

"아냐, 나도 엉겁결에 그렇게 물어보긴 했는데 아마 맞을 거야. 드래곤끼리는 같은 이름 안 붙인댔거든. 와! 진짜 그 꼬마가 너희에게서는 그런 역할을……. 하긴, 네가 있는 시대쯤이면 걔도 성인이겠네."

시우의 눈이 재미있다는 듯 빛났다가, 이내 확 미간을 찌푸렸다.

"으, 근데 비밀보장 조건 때문에 내가 말하진 못하겠네……. 아쉬워라."

"꼬마……라고?"

"응, 되게 귀여워. 특히 툴툴거리는 게. 아, 네가 그 녀석에게 말하는 건 상관없겠다. 나중에 만나면 한 번 물어봐. 시우를 아느냐고. 다른 차원에서 온 검은 머리카락의 여자라고 하면 알 거야."

"귀엽……."

그래, 세상 모든 존재는 어릴 때 귀엽지. 응.

수아는 간신히 그렇게 스스로를 납득시키고는 고개를 끄덕였다.

"알았어. 한 번 물어볼게."

"응. 그리고 원하는 대로 살고 있는지도 물어봐 줘. 와, 훌륭하게 크는구나."

시우는 흐뭇한 눈빛이었다. 새삼 정말 시간대가 다르다는 것이 확연히 느껴졌다. 그녀가 아는 실바코프는 귀여운 꼬마고, 수아가 아는 실바코프는……. 그러다 수아는 뭔가 이상한 것을 깨달았다. 대화에 휩쓸려 지나간 미묘한 위화감.

"그러고 보니 넌 어떻게 지금 나와 만난 거야?"

"어? 그거야 꿈을 통해서……."

"아니, 너 자신은 아무런 힘도 없다며. 그런데 전에는 네가 날 이곳으로 데려왔다고도 했고, 또 실제로 넌 과거에서 미래의 일을 안 거잖아."

"아, 그거?"

시우는 고개를 저었다.

"내가 널 실제로 데려왔단 의미는 아니야. 정확히는 내가 널 열쇠로 해달라고 부탁한 거야. 그럴 만한 힘이 있는 존재에게."

"그럴 만한 힘이 있는 존재?"

"응. 음, 네가 어디까지 들었는지는 모르겠는데……. 혹시 이쪽의 신이 다른 세계의 힘을 빌렸다는 말은 들었어? 그래서 다른 세계의 존재인 네가 열쇠가 된 것도?"

"그건 들었어."

"그럼 설명이 빨라지지. 세계와 세계 사이의 일이다 보니 설사 이야기가 된 상태라도 힘을 주고받는 거 자체가 아무래도 쉽지 않다나 봐. 힘을 너무 많이 받으면 오히려 세계가 붕괴될 수도 있고, 어설프게 주게 되면 효과가 없다나? 그래서 이곳 신은 그 힘을 조율해줄 수 있는 존재에게 의뢰를 했다고 했어. 나도 그래서 오게 된 거야. 이곳 신이 다른 차원의 힘을 빌리고자 한 건 나 때가 처음이고, 네가 두 번째라나 봐. 난 역할이 달랐으니 열쇠라기보다는 징표에 가깝지만."

시우는 계속 말을 이었다.

"어쨌건 그 과정에서 난 나를 데려온 존재를 직접 만났어. 그 존재는 꼭 신의 의뢰만이 아니라 나 같은 보통 인간의 의뢰도 받더라고. 그래서 네가 어떻게 살고 있나 알아봐 달라고 부탁했지.

그냥 잘 살고 있다는 말 한마디면 됐다고 생각하면서 한 의뢴데…… 되돌아온 말은 절벽에서 떨어져 죽었다는 소리더라."

시우는 쓴웃음을 지었다.

"진짜 놀랐어. 그래서 어떻게든 살릴 방법이 없냐고 매달렸어. 그랬더니 너를 「열쇠」로 만들면 없는 운명을 이어붙이는 게 가능하다고 하더라. 먼 미래에 이 세계의 신은 「열쇠」를 만들어달라고 그 존재에게 의뢰할 건데, 내가 원한다면 그 「열쇠」로 너를 지정하겠다고."

"잠깐만."

수아는 깜짝 놀라 말했다.

"그럼 너는 날 살리기 위해서 이 일이 끼어든 거야?"

"응. 그 외에 뭐가 있겠어?"

시우는 정말 당연하다는 표정이었고, 수아는 살짝 입을 벌렸다. 수아는 이제까지 당연히 시우와 관련된 일에 자신이 휘말렸다고만 생각했다.

"그 존재는 별로 시간에 구애를 받지 않는 모양이더라고. 그러니까 내 시점에선 열쇠니 뭐니 하는 걸 만드는 건 까마득한 미래의 이야기잖아. 그리고 내가 네 안부를 묻는 시점에서 넌 이미 죽었다고 했고. 그런데 너를 죽지 않게 하려면 「죽기 전」에, 그러니까 절벽에서 떨어지는 그 순간에 차원이동을 시켜 열쇠로 만들면 된다고 하더라. 그런데 그 열쇠는 되게 미래의 일이니…….

음, 사실 나도 이게 어떻게 가능한지는 아직도 잘 모르겠지만 중요한 건 널 열쇠로 만들면 살릴 수 있다는 거였어. 그래서 부탁했지."

어차피 열쇠의 조건과 수아는 맞아떨어졌다. 이계의 사람, 그리고 수명이 끝나 태어난 그 세계에 더 이상 운명이 얽매어 있지 않은 사람.

시우도 정확히 이해하지 못하고 한 의뢰는 제대로 이루어졌고, 결국 수아가 이곳의 열쇠가 된 것이었다.

"그렇구나……."

처음부터, 그녀를 살리기 위해.

시우는 탁, 살짝 그녀의 어깨를 쳤다.

"뭐야, 왜 그렇게 심각해져? 결과적으로는 다 잘됐잖아. 넌 살았고, 세계도 구원받았고……."

그러고는 정말로 잘됐다는 듯 말했다.

"무엇보다도 너, 당당히 본래 세계로 되돌아가지 않을 거라고 선언까지 할 정도면 지금 행복하다는 말이잖아?"

그 말에는 곧바로 대답할 수 있었다.

"응."

행복했다. 그것만은 확실했다. 지금, 여기, 하르페니언의 곁에 있는 것이.

"그럼 된 거야. 더 행복해졌다면."

눈물이 날 것 같았다.

그녀는 다른 세계로 가서까지 수아를 생각해줬다. 저쪽 세계에서 수아는 그녀를 찾아야 한다고 생각하면서도 결국 아무것도 하지 않았는데.

"고마워, 시우야."

하지만 수아는 우는 대신 웃었다. 그런 친구에게 무슨 속셈이냐며 네가 날 여기에 데려왔느냐고 화를 내고 따지고, 소리를 질러댔었다. 그러니 최소한 마지막 모습은 웃음으로 남겨두고 싶었다. 미안하다고 사과하는 대신, 고맙다는 인사 또한.

"아냐, 그건 내가 할 말이야."

"응?"

"너도 날 떠올려줬잖아. 네가 날 기억에서 지우고 있었거나 제대로 내 생각을 하지 않았다면 접점을 찾는 것 자체가 불가능했을 거라더라. 만나지 못했다는 거지. 그래서……."

시우는 잠깐 말을 끊었다가, 곧 이어 말했다.

"그게 되게 고마웠어."

"하지만…… 난 뭔가를 한 것도 아니야."

시우는 고개를 저었다.

"아니, 난 충분했어. 난 저쪽 세계, 그러니까 한국이 오히려 내 세계가 아닌 것 같았거든. 아무도 날 진심으로 생각해주지 않았어. 이렇게 말하면 어리광일까? 하지만 그냥…… 그런 생각이 들더라. 여기는 내가 살 곳이 아니구나, 하고. 그래서인지 여기에 왔을 때, 난 거기서 도망쳤다기보다는 오히려 버림받았다는 생각이 들었어. 그래서 좀…… 우울했어."

"시우야."

"그런데 네가 있었어. 갑자기 소식이 끊겼음에도 그냥 그런가 보다 하고 잊어버린 게 아니라, 계속 잊어버리고 있다가 어느 날 아, 그런 애가 있었던 것 같다 하고 떠올린 것도 아니라…… 쭈욱 날 생각해준 사람이. 그걸 안 순간 난 굉장히 위로받은 것 같았어. 나도 그 세계에서 제대로 살았구나. 하지만 단순히 맞지 않아서 그냥 여기로 온 것이구나, 하고."

시우는 그렇게 말하면서 씩 웃었다.

"지금 나는 여기서 끝내주게 행복하게 살고 있어. 한국에 남았어도 여기서처럼 잘 살 거라는 생각은 안 들 정도로. 그러니까…… 너도 그랬으면 좋겠어."

수아는 시우의 이 웃는 얼굴을 좋아했었다. 그녀는 언제나 웃었다. 즐거울 때는 물론 힘들 때조차도. 닥친 고난 따윈 아무것도 아니라는 듯, 입꼬리를 힘껏 올려 웃곤 했다.

갑자기 주변이 살짝 흔들리는 것 같았다. 어둠이 점점 옅어지고 있었다. 수아도 시우도 그게 어떤 의미인지 잘 알았다.

기분이 이상했다. 벅차기도 하고, 안타깝기도 하고, 기쁘기도 하고, 아리기도 했다.

수아는 와락, 시우를 꼭 껴안았다.

"정말 고마워, 시우야."

"야, 뭘 그렇게……."

시우는 겸연쩍은 듯 말하다가, 이내 수아의 어깨를 떼어 그녀의 얼굴을 똑바로 마주 보았다. 눈에 약간 물기가 어린 것 같기도 했지만, 그래도 시우는 끝까지 웃고 있었다.

"이번 꿈은 제법 버텨서 다행이야. 끝까지 인사를 할 수 있어서. 앞으로도 행복해, 수아."

"너도…… 시우 너도. 꼭, 잘 살아야 해."

맞잡은 손에 힘이 들어갔다. 그리고 동시에 흔들리던 어둠이 완전히 깨어져 파편이 되어 사라졌다. 수아는 그 사이에서 웃었다.

고마워, 시우야.

언젠가 또 봐.

⊱⊰

황태자궁으로 옮긴 뒤, 확실히 운신이 조금 더 편해졌다. 물론 완전히 마음대로 돌아다닐 수 있는 건 아니었지만 미리 통보를 하면 황궁 내에서 움직이는 것은 별로 어렵지 않았고, 다른 이들의 「알현」 신청을 허락하는 것도 좀 더 쉬워졌다.

황태자궁으로 옮긴 바로 다음 날 오후, 수아는 처음으로 알현 신청을 허락했다. 리노체스 부인의 방문이었다. 리노체스 부인은 하르페니언을 보고 아예 통곡에 통곡을 했는데, 전해 들은 바에 의하면 한동안 눈물을 그칠 새가 없었다고 했다. 황후의 초상화를 보며 울고, 아들을 보고 울고, 저택을 보며 울고, 황태자궁을 보고 울고, 수아의 예비 황태자비의 소식을 듣고 울고……. 나중에는 그냥 바람 소리에도 울고 커튼이 흔들리는 것에도 울었다고 했다. 그냥 눈에 들어오는 모든 게 그녀의 눈물샘을 자극하는 것 같았다.

연회에 참가하여 수아와 하르페니언의 모습을 보기도 했다지만, 역시 눈물이 앞을 가려 차마 둘에게 다가가지도 못하고 연회 시작 직후 곧바로 돌아가 버렸다고만 들었다. 당연히 수아는 리노체스 부인을 보지 못했고, 그래서 부인 또한 이렇게 찾아온 것이었다.

"예비 황태자비마마를 뵙습니……."

그리고 차마 인사도 끝까지 하지 못한 채 다시 눈물을 글썽였다.

"다행이에요……. 정말…… 정말 감사……."

그러더니 다시 소리를 내어 펑펑 울기 시작했다. 올바른 귀부인의 교본 같았던 리노체스 백작 부인이었기에, 수아는 그러한 모습에 조금 놀라면서도 한편으로는 이해가 갔다. 이 사람도 얼마나 한이 맺혔을까. 하르페니언의 유모로 끝까지 그의 편에 섰던 부인이라면 당연히 황후와도 꽤 친분이 있었을 터였다.

알현은 길지 못했다. 리노체스 부인은 횡설수설, 과거 황후의 이야기와 하르페니언의 이야기를 조금 하다가 연회에서의 하르페니언과 수아의 모습이 얼마나 멋졌는지, 그리고 앞으로 얼마나 빛나는 미래가 기다리고 있을 것인지에 대해 말하다가 계속 울음을 터뜨렸다.

결국 그녀는 다음에 다시, 조금 더 제정신으로 돌아오겠다며 온 지 30분도 채 되지 않아 돌아갔다.

짧은 만남이었지만 계속 보고 싶었던 사람의 얼굴을 봤다는 것만으로 좋았다. 그리고 그녀가 하르페니언이 제자리를 찾아간 것에 대해 얼마나 기뻐하고 있는지를 보아서 더더욱.

수아는 잠시, 이 모습을 하르페니언의 어머니에게도 보여줄 수 있다면 얼마나 좋을까 하는 생각을 하다 고개를 저었다.

지금 이 현재는, 살아 있는 사람이 살아 나갈 수밖에 없었다.

◦◦◦◦◦◦◦◦◦

며칠 후, 수아는 회궁을 방문했다.

하르페니언이 황태자궁으로 거처를 옮기긴 했지만, 꼭 궁을 하나만을 가져야 한다는 법은 없다. 하르페니언은 회궁을 여전히 자신의 관리 아래 두고 그곳에서 일하는 사람들을 그대로 놔두었다.

비에린느 부인이 궁을 총괄하고, 정원사로 베슨이 있고, 루시도 그곳의 하녀로 계속 일했다. 렉스도 여전히 회궁에 있었다.

대신 그 세 명만으로는 일손이 부족한 것이 사실이라 다른 하녀와 하인들이 회궁 소속이 되었다고 들었다. 리노체스 백작가에서 온 임시가 아니라 확실한 황궁 소속의 고용인으로, 따로 이동 명령이 있을 때까지 그곳에서 일할 이들이었다.

하르페니언은 회궁을 그대로 유지시키겠다고 했다. 언젠가 수아가 했던 말대로 최대한 변하지 않도록.

"렉스!"

그녀를 가장 먼저 반긴 건 하얀색의 커다란 개였다. 수아를 호위하던 기사들이 움찔하며 그 앞을 막아서려다가, 수아가 아무렇지도 않게 팔을 벌려 달려오는 개를 반기자 자리에 다시 멈췄다.

"잘 지냈어?"

렉스는 수아가 반가워서 견딜 수 없다는 듯 뒷발로 서 수아에게 기댄 후 맹렬하게 꼬리를 흔들어댔다. 그러고는 얼굴을 한 번 핥고는 땅에 내려섰다가, 다시 앞발을 그녀에게 올렸다.

그 뒤로 미리 기별을 받은 회궁 고용인들이 보였다. 비에린느 부인과 베슨, 루시, 그리고 수아로서는 얼굴을 처음 보는 하인과

하녀들. 비에린느 부인만 제외하고는 다들 긴장한 티가 역력했다. 특히 루시는 그렇다 치더라도, 베슨이 저런 식으로 표정이 굳은 건 또 처음 봤다.

"예비 황태자비마마를 뵙습니다."

먼저 비에린느 부인이 공손하게 허리를 숙여 인사하자, 그 뒤에 사람들도 그녀를 따라 깊게 허리를 숙였다.

머리로는 이게 당연하다는 걸 알고 있었지만 어색해서 견딜수가 없었다. 존대는 둘째 치고 욕설이 섞이지 않은 비에린느 부인의 정중한 말투라니.

어쨌건 수아가 회궁에 도착하자, 호위 기사들이 수아에게 인사를 하고는 먼저 물러갔다. 궁에서 다른 궁으로 가는 길에는 반드시 호위를 대동해야 하지만, 본궁을 제외한 다른 궁내에서는 상관없다는 설명을 하르페니언에게 들었다. 즉 황태자궁으로 돌아갈 때만 다시 부르면 되고, 회궁 내에서는 자유롭게 움직일 수 있다는 소리였다.

"여기에 뭐가 있는진 저도 알고 있으니, 굳이 안내해주지 않아도 돼요."

"네, 알겠습니다. 혹시 필요하시면 부르십시오."

비에린느 부인은 그런 수아의 말에 곧바로 고개를 숙이고는 뒤에 있는 고용인들과 함께 물러갔다. 그 모습을 보던 수아는 작게 한숨을 내쉬었다. 예전의 회궁 멤버나 혹은 리노체스 저택에서 나온 친분 있는 하녀들만 있는 자리라면 모를까, 다른 고용인들까지 있는데 친근하게 말을 걸기도 참 그랬다.

예비 황태자비.

제1중앙홀에 황족의 일원으로서 두 번이나 들어가고 황태자궁으로 사는 곳을 옮기면서도 솔직히 그렇게까지 실감이 나지 않았다. 하지만 이렇게 전에 알던 사람을 만나니 확 피부에 와 닿았다.

나중에 플로나나 아이린을 만날 때도 이럴까.

그래도 그 둘은 황태자와 연인이라는 것도 알고, 그녀가 저주를 풀 거라고 선언 아닌 선언도 해놨으니 좀 낫지 않을까 싶기도 했다. 물론 갑자기 성녀로 신탁이 내려온다거나 이렇게 급하게 예비 황태자비가 될 거라고는 예상 못 했겠지만.

모처럼 회궁에 왔는데 이런 것만 생각하는 것도 그렇다. 수아는 계속 피어오르는 생각을 살짝 고개를 흔들어 떨쳐버렸다. 고용인들은 물러갔지만 옆에는 여전히 렉스가 꼬리를 치고 있었다. 수아는 미소를 지으며 큰 개를 한 번 더 쓰다듬어주고는 발걸음을 옮겼다.

가장 먼저 간 곳은 후원이었다. 어차피 지나가는 길이기에 부엌이나 일하던 곳을 한 번 살펴볼까도 싶었지만 아무래도 고용인들이 있을 것 같아 우선은 곧바로 후원으로 향했다. 가는 길목만으로도 옛날 생각이 떠올라 그녀는 작게 웃었다.

후원은 여전했다. 나무는 신록을 뽐내고 있었고 여름 꽃 또한 여기저기 피어 있어 베슨의 손길이 확연히 느껴졌다. 그 외에는 가제보가 더 말끔하게 닦여 있는 등 확실히 관리가 더 잘되어 있었다. 아직 해가 떠 있어 잘 모르겠지만, 밤의 마법등도 더 밝게 보이지 않을까 싶었다.

다음엔 알이랑 같이 와야지. 아, 밤의 후원도 멋있으니 좀 한가해지면 아예 여기서 하루 정도 묵어도 좋겠네.

완전히 엉뚱한 생각인 것 같진 않았다. 어차피 여기도 하르페니언의 궁이고 같은 황궁 내이니 외출을 하는 것보다는 훨씬 쉬울 테니까. 하르페니언에게 한번 물어봐야겠다고 생각하며 수아는 후원을 한 바퀴 돌다가 가제보로 향했다. 렉스는 여전히 그녀를 따라다니고 있었는데, 모처럼 본 수아를 결코 놓치지 않겠다는 의지가 보였다.

"렉스. 너 황태자궁으로 갈래?"

헥헥. 무슨 말을 하는지도 모르면서 렉스는 열심히 꼬리를 흔들었다. 수아는 피식 웃으며 가제보에 가 앉았다. 여름 햇볕이 굉장히 뜨거웠다.

"하긴, 넌 여기가 좋겠지."

계속 여기에서 지낸 렉스다. 이 커다란 하얀 개는 자신의 주인도 좋아하지만 그만큼이나 이곳 고용인들도 좋아했다. 어차피 하르페니언도, 수아도 이곳에 자주 올 테니 굳이 낯선 장소로 옮길 필요는 없으리라.

그렇게 잠깐 가제보에 앉아 주변을 둘러보던 수아는 이번에는 내궁으로 발걸음을 옮겼다. 아무리 그늘 안이라지만 한낮, 여름의 정원에 계속 있는 건 상당히 무더웠다.

그렇게 들어간 궁 안은 옛날보다 훨씬 더 깔끔해져 있었다. 원래 이곳은 하르페니언의 공간이라 고용인들의 출입이 굉장히 제한적이었다 보니 일손이 부족한 것과는 별개로 관리가 거의 되어 있지 않았다. 수아는 원래 하르페니언의 방이었던 곳에 들어가 한 바퀴를 둘러보고 다시 나왔다.

음, 사람들을 만나고 싶은데……. 베슨이 어디 있는지는 확실하니 먼저 그쪽으로 가봐야 하나 생각하고 있을 때였다. 저쪽 복도 끝에서 누군가가 다가오는 발걸음 소리가 들렸다. 비에린느 부인이 이쪽으로 걸어오고 있었다.

"비에린느 부인!"

수아가 반가워 얼른 그녀를 부르며 그쪽으로 다가갔다. 비에린느 부인은 수아의 앞에서 멈춘 후, 여전히 공손하게 고개를 숙였다.

"예비 황태자비마마. 간단히 차를 준비해봤습니다만, 잠시 시간을 내주실 수 있으실는지요?"

수아가 그 청을 거절할 리가 없었다.

"물론이죠!"

그녀가 크게 고개를 끄덕였다.

꧁⦿꧂

비에린느 부인은 수아를 자신의 방으로 안내했는데, 거기엔
다과가 미리 준비되어 있었다.

"예비 황태자비마마가 되셨다고요."

차향이 향기로웠다. 비에린느 부인은 우아하게 찻잔을 수아에
게 건네며 부드럽게 웃었다. 그리고 수아는 엄청난 위화감을 느
꼈다.

"그, 비에린느 부인."

"네, 전하."

"지금은 저희 둘이니까…… 그냥 평소대로 말씀하시면 안 될
까요?"

비에린느 부인은 입꼬리를 올리며 웃었다. 새빨간 색의 립스
틱이 빛에 비쳐 더욱 붉게 보였다.

"안 될 말씀입니다, 비마마. 예비 황태자비의 칭호를 받으셨다
는 건, 앞으로 큰일이 없는 이상은 황태자비마마가 그리고 황후
마마가 되신다는 것이지요. 익숙해지셔야 합니다."

그거야 그랬다. 하지만 이런 상식적이고도 정상적인 말을 그

누구도 아닌 비에린느 부인에게, 이런 말투로 듣는다는 것이 이상해서 견딜 수가 없었다.

"전하가 저희에게 어떤 식으로 말씀하셔도 그건 상관이 없습니다. 윗사람이 아랫사람에게 존대를 써주든, 반말을 하시든 그거야 마음대로 하실 수 있는 부분이니까요. 하지만 아랫사람이 윗사람에게 그러할 수는 없지 않습니까? 저는 책을 잡혀 사형당하고 싶지 않습니다."

그렇게 말하면서 웃는 비에린느 부인의 표정은 마치 「그래서 내가 사형당하면 네년이 책임질 거냐?」라고 말하는 것 같았다. 아니, 사실 저렇게 말해도 전혀 위화감이 없어 보였다.

"하긴 그러네요."

수아는 어쩐지 안심이 되어서 작게 웃었다. 그러니까 결국 죽고 싶진 않으니 일단 말투나 태도를 조금 바꾸겠다는 소리였다.

"뭐, 베슨 녀석이나…… 특히 루시는 당분간 얼어 있을 것 같아 이곳에는 부르지 않았습니다만, 신경 쓰지 마십시오. 어차피 황자 전하께도 처음엔 그랬으니까요. 다들 익숙해질 겁니다. 전하께서도 곧 이런 존대에 익숙해지실 거고요."

그러더니 비에린느 부인은 코웃음을 쳤다.

"그나저나 황태자비마마가 되실 줄이야……. 세 번째 약혼식을 올리기 전부터 예비 칭호를 받을 정도라면 그 위치가 확고하다는 소리겠죠. 하긴 성녀님이시니."

"으."

아무래도 성녀라는 단어에는 익숙해지지 않는다. 수아의 표정이 이상했는지 비에린느 부인의 미소는 더욱 짙어졌다.

"하긴, 그전부터 사귀시던 사이셨죠. 제가 그날 얼마나 놀란 줄 아십니까."

하르페니언의 정체가 들켰을 때의 이야기라는 걸 수아는 바로 알아들었다.

"그때는 엄청 소란을 피웠죠⋯⋯."

"그러실 수밖에요. 특히나 황태자 전하는, 위치가 위치이니만큼."

비에린느 부인이 차를 입으로 가져갔다. 커다란 원석 목걸이가 그 움직임에 따라 흔들린다. 수아도 얼른 한 모금을 따라 마셨다. 평소에 즐겨 마시던 카티차는 아니지만 이 차도 묵직한 맛이 있는 게 아주 좋았다.

비에린느 부인은 찻잔을 다시 테이블에 내려놓았다. 붉은 립스틱이 찻잔에 그대로 묻어 있는 것이 보였다.

"그래도 용케 관계를 지속하셨습니다."

"네?"

"두렵지 않으셨나요? 남의 눈길이 걱정되시거나."

"그거야⋯⋯ 화나긴 했어요. 하지만 그건 신뢰 문제였으니까요. 저와의 관계를 진지하게 여기지 않고 있다고 생각했어요. 그러니까, 정체를 숨기면서 저를 놀렸다고. 하지만 그게 아니라는 걸 아니까 나머지는 별로 상관이 없었어요."

비에린느 부인은 잠시 말이 없었다. 그러더니 이내 그녀는 작게 한숨을 내쉬었다.

"그러셨군요."

"비에린느 부인?"

"사실 좀 신기했답니다. 미래가 전혀 보장되어 있지 않은 선택이었잖습니까. 저주는 그 끝을 확실하게 그어놓고 있었고, 설사 저주가 아니라 해도 사람의 마음은 영원하지 않죠. 더구나 주변과 쉽게 어울릴 수도 없을 거고, 안전도 보장할 수도 없을 텐데요. 실제로 여관으로 일하실 땐 베라먹을 놈에게 칼을 맞기도 하셨잖습니까. 그럼에도 비마마는 황태자 전하의 곁을 떠나지 않으시더군요."

꽤 진지한 표정에 진지한 말투였다. 하지만 비에린느 부인이 무엇을 말하고자 하는지는 잘 이해가 가지 않아, 수아는 그냥 당시 그때의 심정을 솔직하게 말했다.

"음……. 저야 알이, 황태자 전하가 좋았으니까요? 다른 게 안 보였어요. 무슨 일이 있어도 이 남자와 있어야 한다. 그런 생각만 가득했죠."

"그렇군요. 하긴 그 결과로 지금 예비 황태자비마마가 되셨으니 그건 굉장히 옳은 선택이었겠습니다."

"아니요. 「옳은」 선택은 없어요, 비에린느 부인."

수아는 저도 모르게 단호하게 말했다. 그녀는 그저 하르페니언의 곁에 있고 싶었다.

　그 결과로 성녀도 되고 예비 황태자비라는 호칭도 얻게 되었을 뿐이었다. 처음 그에게 고백할 때는, 이런 자리를 원하기는커녕 상상도 하지 못했다.

　"전 그냥 황태자 전하가 좋았어요. 다른 어떤 것보다도 알의 곁에 있는 걸 원했고, 그래서 그걸 위해 노력했을 뿐이에요. 하지만 제가 원하는 게 다른 거였다면, 그래서 알의 곁에 있는 것보다 그 다른 게 더 중요했다면 그쪽을 택했겠죠."

　"하지만 그 결과가 끔찍했다면요? 그렇다면 그건 틀린 선택이 아닐까요."

　"끔찍했다면……."

　수아는 살짝 몸을 떨었다. 하르페니언이 그녀의 심장을 찌르지 않기 위해 그 자신의 목숨을 버리는 길을 택했다고 전해주던 실바코프의 말이 떠올랐다. 지금 떠올려도 오싹 소름이 끼칠 정도다.

　"아마 후회하고 또 후회하겠죠. 그때 그러지 말걸, 하고."

　하지만 하르페니언도 수아도 죽지 않았다. 우연 같은 게 아니었다. 신이 자신의 피조물을 그리도 사랑한다면, 당연히 다른 이를 죽이는 길이 정상일 리가 없었다. 그때 그가 원한 것은 자신이 아닌 수아가 살아남는 것이었다.

　"그렇지만 그 결정이 정말로 원했던 거라면, 그건 틀린 선택이라고 하기 어렵지 않을까요? 설사 과거로 돌아갈 수 있다 하더라도 같은 선택을 할 테니까요. 그렇다면 아무리 후회해도 어쩔 수 없지 않을까 생각해요. 제가 정말 원했던 거라면, 그 결과마저 받아들여야겠죠."

비에린느 부인은 다시 입을 다물었다. 이번 침묵은 꽤 길었다. 그 반응에 수아는 움찔했다. 스스로 생각해도 꽤 건방진 소리였다. 특히 나이가 그녀보다 몇 배나 많은 상대에게 하는 말이라는 걸 감안했을 때라면 더더욱.

하지만 옳은 선택이라는 말에는 아무래도 반응할 수밖에 없어진다. 그녀는 하르페니언의 곁에 남고자 했다. 「어쩔 수 없이」가 아니라 그녀가 그리 선택했고, 곧 실바코프에게도 확실히 말할 터였다.

그건 결국 자신의 세계를 버린다는 뜻이었다.

비에린느 부인은 그걸 모르니 이렇게 이야기할 수 있는 거겠지. 이제까지 살아온 세계를, 가족을, 친구를 외면하는 것이 과연 옳은 선택일까?

아니, 그럴 리 없다. 그녀는 그저 가장 원하는, 행복해질 것 같은 길을 선택했을 뿐이었다.

"저는, 옛날에는 굉장히 남의 시선을 의식했습니다."

무어라고 더 덧붙여야 하나를 고민하고 있을 때, 비에린느 부인이 불쑥 그렇게 말을 꺼냈다.

"다들 하라고 하는 대로 살아야 한다고 생각했지요. 활짝 웃는 모습이 헤퍼 보인다는 말에 부러 작게 웃기 시작했고, 옷이 너무 화려하다는 소리를 들으면 소박한 옷으로 갈아입었습니다. 커다란 액세서리는 품행이 단정치 못한 여자들이나 한다는 소곤거림에 작은 귀걸이나 목걸이로 바꿔 했지요. 사실 귀족이라고는 해도 집안이 그다지 넉넉하지 못해 어쩌면 그게 제 분수에 맞았을 수도 있습니다. 저는 별 볼 일 없는 소귀족 출신이니까요."

수아는 눈을 크게 떴다. 몸가짐이나 하르페니언을 대하는 태도로 봐서는 그냥 평민은 아니었을 거라고 생각했었다. 최소한 플로나나 아이린 같은 중간 계급 쪽일 거라고. 하지만 아예 귀족 출신일 거라는 생각은 거의 해본 적이 없었다.

"사교계라고 해도 꼭 수도를 뜻하는 것은 아닙니다. 수도에서 사교활동을 하려면 최소한 지금은 몰락했다 하더라도 그 집안이 꽤 좋거나, 소귀족이라도 재산이 많아 수도의 물가와 새 인맥을 감당할 수 있는 이들입니다. 저는 여기와는 상당히 거리가 떨어진 남부 출신이었습니다. 지방에도 사교계는 있습니다. 보통은 그 지역에서 가장 집안이 좋거나 재력이 좋은 귀족 중심으로 돌아가죠. 저는 그 안에 있었습니다."

비에린느 부인의 목소리는 굉장히 담담하게 이어졌다.

"언제나 불안했습니다. 주변에서 어떻게 수군덕거릴지 몰랐으니까요. 사실 모든 사람의 말을 제가 들어줄 순 없는 것인데

말입니다. 어떤 사람은 소박하다고 생각하는 옷이 어떤 사람에게는 화려하기 짝이 없는 것일 테고, 귀족 영애는 당연히 최대한 꾸며야 한다는 사람이 있는가 하면 소귀족 출신 주제에 힘을 주고 다니는 건 과하다는 입장이 있을 테니까요. 하지만 당시의 저는 그런 것까지는 몰랐지요. 그냥 부모님이 하라는 대로, 주변에서 하는 말이 저에게 들어오는 대로 그대로 하고 살았습니다. 그게 옳은 거라고 생각하면서요."

비에린느 부인은 살짝 고개를 흔들었다. 흰색이 섞여 엷은 주황빛의 머리카락 아래로 커다란 금속 귀걸이가 그 움직임에 따라 부딪혀 소리를 냈다.

"전 집안에서 정해준 남편과 결혼을 하고, 아이들을 낳았습니다. 그리고 아이들에게도 그렇게 가르쳤죠. 누가 아이들에 대해 좋지 않다, 이렇게 해야 한다는 이야기를 하면 그걸 그대로 따라 키웠습니다. 하지만 아들은 사람들 앞에 나서는 걸 좋아하지 않았고 딸은 그와는 반대로 사교계를 아주 좋아했습니다. 전 그 둘이 너무나도 못마땅했죠. 아들은 좀 더 사내답게, 딸은 좀 더 조신하게. 그렇게 되어야만 한다고 생각했습니다."

그녀는 희미한 미소를 지었다. 회한으로 가득 찬, 그런 미소였다.

"그나마 아들은 어떻게든 제 말을 따르려 노력이라도 했지만 딸은 그러지 않았습니다. 딸에 대한 좋지 않은 소문을 들을 때마다 정말 미칠 것 같았죠. 지금 생각하면 별것 아닌 수군거림이었습니다. 집안 사정에 맞지 않게 꾸미길 좋아한다느니, 파티랑 파티는 다 쫓아다니는 것 같다느니, 저래서야 얌전한 여자를 좋아하는 남자들은 쳐다보지도 않겠다느니. 그냥 사교계 활동을 조금 활발하게 하는 귀족가 영애라면 한두 번씩은 듣는 소리들이었죠. 하지만 당시의 저에게는 그 무엇보다도 큰일이라고 느껴졌습니다. 그래서 열여섯이 되자마자 빨리 결혼을 시키려고 했죠. 남편이 있으면 좀 나아질 거라고, 그런 근거 없는 생각을 했습니다."

비에린느 부인이 이렇게 길게 말을 하는 건 처음이었다. 말투는 조곤했지만, 계속 속에만 두었던 말을 토해내고 있다는 것을 수아는 알 수 있었다.

"그래서 곧바로 혼처를 잡았죠. 딸은 당연히 싫어했습니다. 좋아하는 남자가 있다고 하면서, 최소한 고백이라고 해보고 싶다며 몇 달이라도 유예기간을 달라고 하더군요. 하지만 전 오히려 그 말을 듣고 딸을 방에 가둔 채 결혼 준비를 서둘렀죠. 결혼이라는 건 집안끼리 하는 것일 뿐 연애로 하는 건 아니라고 생각했고, 또 짝사랑한다던 남자에게 잘못 고백이라도 했다가 좋지 못한 풍문에라도 휩쓸리면 딸은 평생 결혼도 하지 못하고 쓸쓸하게 늙어갈 거라고만 생각했습니다. 아직 어려서 사리분별을 못 하는 것뿐, 나중에 커서는 저에게 감사할 거라고. 이건 오로지 딸을 위한 것이니 딸도 언젠간 알아줄 거라고……. 실제로 혼처는 저희 집안보다 살짝 급이 높은 집안이라, 남편도 저도 애를 써 어렵게 잡은 자리였으니 더더욱 그렇게 생각했죠. 딸을 위해 최고의 노력을 기울였다 여겼습니다."

거기서 비에린느 부인은 눈을 감았다. 그리고 잠시간 말을 끊었다가, 다시 이어 나갔다.

"결국 딸은 방 창문에서 떨어져 죽었습니다. 밖으로 나가기 위해 창문으로 빠져나가다가 그만……. 실족사였죠. 짐을 꾸리지 않은 걸로 봐서 완전히 가출할 생각은 아니었던 것 같았습니다. 아마 그 좋아하는 남자에게 고백이라도 하고 싶었던 게 아니었을까요? 딸의 방은 높지도 않았습니다. 겨우 2층. 밖은 정원이었는데도요. 그 뒤로 한 달도 채 되지 않아 아들도 사고를 당했습니다. 제 강요로 억지로 간 사냥에서 화살을 잘못 맞았죠."

"아……."

무어라고 말이 나오지 않았다. 도대체 얼마나 충격이었을지 상상도 할 수 없었다. 하지만 비에린느 부인은 어떤 반응을 원한 것이 아니었던 듯 곧바로 다음 말을 계속했다.

"도무지 이해가 가지 않았습니다. 저는 언제나 「옳은」 선택을 했다고 생각했어요. 주변 시선을 계속 신경 쓰면서 산 결과 저에 대한 평은 상당히 좋았습니다. 현숙하고 남을 배려해주는 다정한 부인. 안정적인 삶도 손에 넣었죠. 하지만 아이들이 그렇게 된 후로 제 평은 완전히 뒤집혔습니다. 제가 제대로 엄마 노릇을 하지 못해서 아이들이 모두 잘못되었다는 말이었습니다. 저는 제 영달을 위해 아이들을 조금도 생각하지 않고 출세만을 위해 딸을 억지로 결혼시키고, 아들 인맥을 관리하려고 억지로 사냥터에 밀어 넣은 어머니가 되어 있었습니다."

"말도 안 돼요!"

"네. 이해가 가지 않았습니다. 그때까지 저는 남들이 하라는 대로, 그리고 아이들이 최고로 행복할 수 있도록 살고 있다고 생각했는데요. 딸은 남부럽지 않은 남자와 결혼하여 행복하기를, 아들은 주변 인맥을 잘 쌓아 결국 그 본인이 잘되기를. 그렇게요."

하지만 그걸 아무도 알아주지 않았다. 친했던 부인들은 겉으로는 그녀를 위로해주고 안쓰러워해 줬지만 결국 뒤편에서는 「그럴 줄 알았다」는 식의 이야기를 떠들어댔다. 그건 남편도 마찬가지였다. 처음에는 슬퍼하는 그녀를 위로했지만 그녀가 끊임없이 내뱉은 「왜?」라는 질문에 결국 그건 당신 욕심 때문이 아니었겠느냐고 소리를 질렀다.

"한동안 제정신이 아니었습니다. 자식들을 잃은 것도 그러했지만 제 삶이 통째로 부정당한 것이기도 하니까요. 정신을 차려보니 남편도 떠났고, 저는 정신이 이상한 여자라는 소문도 돌더군요. 처음에는 친정으로 돌아가 있었지만, 부모님이 그리고 오라버니와 다른 가족들이 저를 부끄럽게 여기고 있다는 걸 알았습니다. 숨이 턱 막히더군요. 처음으로 자식들도 이런 기분이었을까 싶었습니다. 결국 저는 그때까지 지켜온 것을 모두 잃은 채 도망치듯 고향을 떠났습니다."

처음에는 친척집으로 갔다. 하지만 거기서도 그녀는 부끄러운 존재일 뿐이었다. 그 사실이 그녀를 계속해서 괴롭혔다.

그러다 퍼뜩 그런 생각이 들었다. 어차피 옳은 선택만 해도 이렇게 되었다면, 그렇다면 아예 틀린 선택만 하면 어떻게 될까?

진하게 화장을 시작했다. 커다란 장신구도 달았다. 화려한 옷도 입기 시작했다. 그녀를 맡아준 친척집에서는 쯧쯧 혀를 찼지만 의외로 주변 반응이 나쁘지 않았다. 다들 무조건 흉만 보며 손가락질을 할 거라 생각했는데, 활기차고 발랄해 보인다고 칭찬해주는 사람들도 꽤 있었다.

계속해서 금기로 여긴 것이 막상 해보니 아무것도 아니었다는 사실이 허탈했다. 더욱 기가 막혔던 건 꾸미고 있을 때면 그녀 자신이 그 어느 때보다도 즐거웠다는 것이다. 하얗게 분을 바르고 진한 립스틱을 칠하고 화려한 색의 아이섀도를 넣고 보면 마치 자신이 아닌 것 같고, 화장법에 따라 보이는 얼굴이 바뀌는 게 재미도 있었다. 옷도 이제까지 입었던 스타일보다는 약간 더 노출이 있고 허리를 조이는 쪽이 그녀 체형에 더 잘 어울렸다.

딸도 이런 기분이었을까.

아니, 자신은 딸을 제대로 보기나 한 걸까. 그러고 보니 그 애가 어떤 성격을 가졌는지, 뭘 좋아하고 뭘 싫어하는지 그녀는 제대로 알지 못했다. 그저 언제나 못마땅해하며 그녀가 원하는 대로만 살기를 원했다.

아들도 마찬가지였다. 소심해 보이는 그 성격이 마음에 들지 않았다. 잘 떠올려 보면 사람들과 만나는 것보다 식물을 기르고 독서를 좋아했던 것 같기도 했다.

그날 그녀는 통곡했다. 그리고 친척에게 소개장을 받아 일자리를 구했다. 처음에는 중간 계급 쪽의 가정교사로 시작해 경력을 쌓았다. 그 후에는 집안과 완전히 연락을 끊고 여러 가지 일을 했다. 그녀는 생각 외로 이런저런 일들에 능했다.

그녀는 집안과 연을 끊으며 이름을 바꿨는데, 비에린느라는 것은 본래 그녀의 성도 남편의 성도 아니었다. 그건 딸의 이름이었다.

그러다 우연히 리노체스 부인과 연이 닿게 되었고 그녀의 아들인 리노체스 백작을 통해 회궁으로 오게 되었다. 이곳으로 들어오며 그녀는 죽음을 각오했다. 신께 저주받은 자의 궁이라니, 정말 갈 데까지 갔구나 하며 자신을 비웃었다.

하지만 그래도 이곳에 들어온 것은 황태자 전하의 이야기를 하는 리노체스 부인의 표정이 너무나도 간절했기 때문이었다. 물론 이 궁의 주인은 대부분 자리를 비우니 크게 할 일도 없는 데다 의식주가 해결되고, 보수 또한 넉넉할 것이라는 현실적인 문제도 있었다. 그저 조용히, 크게 눈에 띄지 않은 채 여기서 여생을 마칠 생각이었다. 그녀는 너무 지쳐 있었다.

생각보다 이 궁의 주인은 괜찮은 사람이었다. 악마보다도 더 잔혹한 성정을 지닌 저주받은 황태자라는 소문이 무색하게, 아직 성인이 되지 않은 황태자는 혹시라도 누군가가 자신에게 닿아 죽을까 봐 회궁에 있을 때도 궁 안을 거의 돌아다니지 않았다. 음식조차 부엌에 있는 것을 스스로 가져다 먹었다. 유일하게 명령한 것은 밤에 돌아다니지 말라는 것과 내궁 안으로 들어오지 말라는 것뿐. 그것도 전자는 암살자들에게, 후자는 자신의 저주로부터 고용인들을 보호하려고 한다는 걸 그녀는 얼마 지나지 않아 알았다.

황태자는 궁을 자주 비웠다. 그래서인지 당시 회궁의 상태는 엉망이었다. 이름만 올리고 회궁에는 그림자조차 비치지 않은 채 월급만 타가는 하인이나 하녀, 황태자가 없는 사이에 마치 자신이 주인인 것처럼 행동하는 시녀나 시종도 있었고 출입금지인 한밤에 일부러 심부름을 시키며 즐거워하는 부류도 있었다. 죽는 이가 나오면 모두 황태자 탓이 되었다.

그러다 황태자가 돌아와 모습을 드러내면 언제 그랬느냐는 듯 말 한마디 제대로 하지 못하고, 아니 오히려 덜덜 떠는 피해자 같은 모습으로 기절이나 해댔다.

그런 모습에 비에린느 부인은 혀를 찼다.

처음에는 그저 조용히, 여생을 보내는 것이 목적이었다. 하지만 이 꼴을 보자니 그전에 화병으로 쓰러질 것 같았다.

그녀는 리노체스 백작에게 편지를 썼고, 그 과정에서 여러 머리 아픈 일들이 있었지만 결국은 회궁 총괄 권한을 얻어내는 데 성공했다.

비에린느 부인은 조금 다른 의미에서 그녀의 뼈를 이곳에 묻기로 결정했다. 저주의 끝이 올 때까지 10년도 훨씬 넘는 세월이 남아 있었지만, 설사 그때까지 자신의 목숨이 끊어지지 않는다면 뒷일은 그때 생각하기로 했다.

그 뒤로 여러 사람들이 왔다 사라졌고 그중 베슨과 루시가 이곳에 남았다.

그리고…….

"외람되지만, 지금 비마마께 드린 질문은 저는 계속 딸에게 물어보고 싶던 질문입니다."

비에린느 부인은 다시 미소를 지었다. 이번에는 부드러워 보이는, 하지만 슬퍼 보이는 그러한 미소였다.

"그리고 충분합니다."

"비에린느 부인, 전…….."

그 뒤로 무슨 말을 해야 할지 몰라 수아가 안절부절못하자, 비에린느 부인이 다시 말을 이었다.

"여기에 오고 회궁 안이 대충 정비되자, 생각할 시간이 더 많아졌습니다. 하지만 아무리 생각해도 답을 얻을 순 없었죠. 그러다 더 철저하게 「틀린」 선택을 해보자고 마음먹었습니다. 그래서 더더욱 진한 립스틱에, 눈이 아플 것 같은 색의 옷에, 무조건 잘 보이는 색의 아이섀도를 바르고 정신없어 보이는 목걸이와 귀걸이를 택했습니다. 얼굴 분도 제 피부색과는 맞지 않는 색에 셰딩이나 볼 터치를 과도하게 했죠. 말도…… 욕은 절대 하지 말아야 한다는 제 생각과 반대로 하기 시작했고요. 그게 마마가 보신 「비에린느 부인」입니다."

당연히 그런 게 즐거울 리가 없다. 그녀가 즐거워하는 건 스스로를 아름답게 꾸미는 일이지, 이런 식은 아니었다. 하지만 비에린느 부인은 아등바등 계속했다. 철저하게 옳은 길로만 살아왔으니, 철저하게 그른 길로도 살아보면 무언가 보일 것 같았다. 무엇보다도 그녀는 이제 나이가 꽤 많았고, 남은 시간이 얼마 없다는 초조함도 보였다.

"하지만 역시 이런 식으로는…… 아니었던 거군요."

수아의 말도 답이라고 하긴 어렵다. 수아는 죽은 딸인 비에린느가 아니다. 옳고 그른 선택이 없다는 그런 말 한마디에, 수십 년간 쌓여 있던 응어리가 풀릴 리도 없었다. 하지만 지금 하고 있는 방식은 아무래도 아니라는 것 정도만은 확실히 알 수 있었다. 그리고 너무 오래, 혼자 생각했다는 것도.

누군가에게 이야기를 해보았으면 좋았을걸. 따지면 그녀는 가족이나 남편은 물론 친척이나 친구들에게도 속이야기를 한 적이 없었다. 약한 이야기를 털어놓아 봤자 약점으로만 보일 거라는 생각을 한 탓이었을까, 아니면 그녀 자신도 딸의 이야기를 계속 무시했으니 다른 이들도 그녀의 이야기를 무시할 거라는 생각 때문이었을까.

실제로는 이렇게 털어놓는 것만으로도 이리 후련할 것을.

"모처럼 찾아오셨는데, 늙은이의 재미없는 이야기를 들려드렸 군요."

"아니에요. 음, 사실 뭐라고 말씀을 드려야 할지 모르겠지만……."

"딱히 대답은 해주지 않으셔도 된답니다. 이야기를 들어주셨 으니까요. 그리고 비마마께선 직접 행동으로 보여주셨죠."

비에린느 부인은 귀에서 커다란 금속의 귀걸이를 떼어냈다. 그리고 손수건을 꺼내, 그렇지 않아도 차를 마시느라 약간 번져 있던 립스틱을 지웠다. 하얀 손수건에 빨갛게 립스틱이 묻어났 고 완전히는 아니지만 어느 정도의 색은 꽤 지워졌다.

그 정도만 해도 한결 인상이 달라 보였다.

그녀는 다시금 미소를 띠며 말했다.

"회궁에는 언제든지 찾아주십시오, 비마마. 모두들 반가워할 겁니다."

⊶ ⱺ⊷

회궁에서 황태자궁으로 돌아오니 실바코프가 응접실에 있는 의자 위에서 뒹굴거리고 있었다. 수아는 헛웃음을 지었다. 참, 타이밍도 좋다.

"안녕, 아가씨?"

"뭐예요, 갑자기 불쑥."

수아와 하르페니언이 시작과 끝에 신전에서 돌아온 후 실바코프는 그냥 정말 자기 내킬 때 나타났다 사라지며 여기저기 출몰했다. 갑자기 황제의 집무실에 나타나는가 하면 하르페니언이 업무를 보는 본궁에도 나타났다가 이렇게 황태자궁에 불쑥 나타나기도 했다. 처음 기사들과 병사들은 어디서 나타나는지 모르게 신출귀몰하는 실바코프를 보고 기겁하며 더욱 주변 경계를 철저하게 했지만 당연히 소용이 없었다.

얼마 지나지 않아 황제는 실바코프를 성녀의 심부름꾼이자 인간이 아닌 존재라고 발표했고 혼란은 급속도로 줄어들었다. 이제 어디서 어떻게 나타나도 그러려니 하며 당연하게 받아들였다. 황족이나 성녀에게도 크게 예의를 갖추지 않고, 좋게 말해

친숙하고 객관적으로 말해 꽤 건방진 태도에 대해서도 별 신경을 쓰지 않게 되었다.

"아니, 슬슬 나도 볼일이 있어서. 그동안 잘 지냈어?"

"누가 들으면 몇 년은 못 본 사이인지 알겠어요."

"나와 아가씨 사이에 열흘 정도면 꽤 오래되었지. 안 그래?"

"네에, 네에."

수아는 눈을 가늘게 뜨며 그를 바라보았다. 귀여운 꼬마, 라…….
아무리 생각해도 전혀 매치가 되지 않는 모습이다.

"결혼 준비가 꽤 빨리 진행되고 있더군. 세 번째 약혼식까지
가지 않았는데도 벌써 예비 황태자비 호칭도 받고. 연애기간을
좀 길게 둬도 될 텐데, 아쉽지 않아?"

"성녀와 영웅의 결합이 빠를수록 대외적으로도 좋다니까요.
그리고 조금 더 시간을 끌었다간 제가 위장병으로 쓰러질 것 같
아서요."

"응?"

"저주가 풀렸잖아요. 알에게 접근해 오는 귀족 아가씨들, 영애
라고 하죠? 엄청 많을 거 아녀요. 물론 알이 알아서 커트하겠지
만 그래도 내 남자라고 확실히 도장 찍어놓고 싶어요. 일종의
[부적]이랄까."

"아하."

"더구나 지금까지 와서도……."

제가 싫으면 황제의 위를 포기하겠다느니 하는 소리를 하던걸요.

수아는 그렇게 말을 하려다가 뒷말을 꿀꺽 삼켰다. 아무리 상대가 실바코프라고 해도 절대 이야기하지 않기로 생각한 말이었다. 대신 조금 다른 소리로 투덜거렸다.

"정식 청혼을 하니 뭐니 하면서 망설이고 있더라고요. 놔두면 결혼까지 10년은 걸렸을 거야."

"으음……. 완전히 부정할 수 없긴 해."

"그렇죠?"

둘은 서로 마주 보며 고개를 끄덕였다.

수아는 실바코프의 건너편에 앉으며 바로 본론을 꺼냈다. 어쩐지 피곤했다.

얼른 끝내고 오늘은 좀 빨리 쉬어야 할 것 같았다.

"아무튼 잘 왔어요. 안 그래도 찾으려고 했는데."

"날? 왜?"

"꿈을 꿨거든요."

"꿈?"

"네. 거기서 실바코프 씨에게 물어보라고 하던데요. 제 선택이요. 실제로 지금 물어보려고 온 거 맞죠?"

실바코프는 잠깐 그녀를 바라보다, 이내 작게 한숨을 쉬었다.

"이런, 시우 누나구만."

"네?"

"꿈에서 나타난 사람. 그리고 이 세계로는 상당히 과거에, 아가씨네 세계에서 차원이동 해왔던 사람. 맞지?"

말문이 막혔다. 설마 곧바로 누구라고 맞힐지도 몰랐고, 심지어 그 호칭이 누나일 줄은 더더욱 몰랐다. 실바코프는 수아를 보며 씩 웃었다.

"어떻게 아느냐는 표정이네? 옛날 누나에게서 수아라는 친구에 대해서 몇 번 이야기를 들은 적이 있거든. 당시에는 그냥 친구가 그리운가 보다 그렇게만 생각했는데, 나중에 열쇠를 만드는 것에 누나가 개입했다는 걸 알았지. 여기에 나타난 열쇠의 이름이 수아라면, 다른 사람이라고 생각하는 게 더 이상하지 않아?"

"어, 그러니까."

수아는 조심스레 물었다.

"실바코프 씨가 어릴 때, 시우를 만났었다는 거죠?"

"응. 가출했다가."

"가출?"

"정확히는 차원이동? 말했잖아. 드래곤은 차원에 구애받지 않는다고. 그 말은 마음대로 차원을 이동할 수 있다는 뜻이야. 하지만 차원을 나서는 순간 기존 세계의 보호를 받지 못하게 되다 보니, 성인이 될 때까지 다른 차원에 나갈 수 없다는 규칙이 있어. 원래 드래곤들은 자기보호 본능이 강해서 굳이 어긴 적은 별로 없었는데…… 난 좀 예외였나 봐. 어쩐지 태어난 세계가 답답해서 견딜 수가 없었거든. 그래서 틈을 봐서 몰래 다른 세계로 넘어왔지. 그게 바로 여기였어."

"어……. 잠깐만요. 그럼 실바코프 씨는 여기가 아닌 다른 세계에서 태어났다는 소리예요?"

"그래. 정확히는, 이 세계에서 태어난 드래곤은 아무도 없어. 이 세계는 불완전하다 보니 인간, 드워프, 엘프 세 종족만을 품기에도 어려웠거든. 과거에 있었던 드래곤들은 다 다른 차원에서 넘어왔던 거고……. 그중 여기에 정착하는 드래곤이 생기면서 이 세계에도 차차 그 존재가 알려졌지."

"아."

"어쨌거나, 그렇게 넘어오다가 좀 위험해졌는데…… 그때 도와주겠다며 계약을 제안한 여자가 있었지. 레티라고. 그래서 일단 고비는 넘겼는데, 그게 상당한 불공정계약이었어."

실바코프는 미간을 찌푸렸다.

"아가씨네 세계 말로 하면 [호구 잡혔다]라고 할 수 있을까? 어쨌건 그 거래 조건 중 하나로 시우 누나를 잠깐 도왔던 적이 있는데, 그때 시우 누나는 나를 참, 열심히, 매우, 굉장히 잘 부려먹었어."

호구라는 단어에 살짝 입을 벌렸던 수아는 이내 웃음을 터트렸다. 확실히 시우다웠다.

그녀라면 잡은 기회를 끝까지 탈탈 털어냈을 테니까. 아무리 그래도 부려먹혔다니, 실바코프의 지금 모습으로는 상상이 가지 않았다.

"시우 누나가 아가씨를 열쇠로 선택할 수 있었던 것도 아마 그 여자를 통해서였겠지. 애초에 누나가 이 세계로 온 것도 그쪽을 통해서였던 걸로 알고 있고. 뭐, 무슨 거래를 했는진 모르겠지만 그래도 누난 끝까지 행복하게 살았으니, 크게 문제는 안 됐었을 거야."

그 혼잣말에 가까운 말에, 수아는 저도 모르게 벌떡 일어났다.

"어, 그거요."

"음?"

"시우요. 끝까지 행복하게 살았다고요?"

그 반응에 실바코프는 피식 웃으며 고개를 끄덕였다.

"사람마다 행복하다는 기준은 다르겠지만, 일단 나에게는 그렇게 보였어."

수아는 잠시 실바코프를 바라보다가, 작게 안도의 한숨을 내쉰 후 다시 소파에 앉았다.

"그렇군요……."

갑자기 들은 시우의 소식이었지만, 그 뒤로 잘 산 것 같아서 정말 다행이었다. 만약 마음의 준비를 할 시간을 준 다음이라면 수아는 결코 시우가 어떻게 살았느냐 묻지 못했으리라.

만약 그렇지 못했다면, 그 대답을 들을 것이 무서웠으니까.

다행이었다.

동시에 이제, 자신만 남았구나 하는 생각을 했다. 시우는 약속을 지켰으니 이제 그녀만 행복하게 살았습니다, 하는 끝을 내면 된다. 완전히 동화처럼은 무리겠지만, 그래도.

"참, 혹시 누나가 뭐라고 했어?"

"네? 아."

그러고 보니 전하라는 말이 있었다.

"비밀 보장 조건이 있다고 했어요. 그래서 시우와 함께 있는 실바코프 씨, 그러니까 과거의 실바코프 씨에게는 말 못 한다고 요. 하지만 제가 말하는 건 상관없으니까 한번 물어보라고. 다른 차원에서 온 검은 머리의 시우라는 여자를 아느냐고, 그리고…… 원하는 대로 살고 있느냐고."

이번에야말로 실바코프는 잠시 침묵을 지켰다. 그의 표정이 흐트러졌다.

"나 참, 아직도 그 말이네……."

꽤나 씁쓸한 듯한 미소였다.

"처음에는 그게 무슨 소린지도 몰랐고, 실제로도 좀 [삽질]을 한 시기가 있긴 하지만, 지금은 원하는 대로 살고 있어. ……라고 대답을 해봤자 어차피 누나에겐 답을 못 하나. 이미 없는 사람이 니."

실바코프는 소파에 푹 파묻은 몸을 앞으로 일으켰다.

"인간은 너무 일찍 죽어. 난 시우 누나로 거의 처음 인간을 접했고…… 뭐, 이것저것 많이 배우기도 했지. 그래서 지금도 시우 「누나」야. 설사 지금 만나게 되더라도 내가 훨씬 나이가 많을 텐데."

잘 상상은 가지 않았지만, 확실히 실바코프 씨도 어렸을 때가 있긴 했구나 싶었다. 분명 시우와 만났을 때는 아주 어렸겠지.

"어쨌거나 그래서, 난 이 세계가 좀 특별해. 누나 일을 도와주면서 이곳과 인연을 맺었고, 그 뒤로 여기저기 다른 세계를 다니긴 했지만 결국 여기로 되돌아오게 됐으니까. 그러다 저번에 말한 연인을 만난 것도 결국 신마전쟁 후의 이곳이었어."

그는 잠깐 먼 곳을 바라보는 듯이 허공에 시선을 고정하며 그렇게 말했다.

솔직히 수아는 주변과 시간이 다르게 흐른다는 것이 잘 상상이 가지 않았다. 드래곤이라는 존재의 수명이 얼마나 되는지는 알 수 없지만, 최소 수백 년간 주변의 「인간」들이 죽어가는 걸 보며, 그렇게 살아온 것일 테다.

"어쨌거나."

실바코프가 어깨를 으쓱였다.

"과거 이야기나 하려고 온 게 아니니까. 일단 일이나 끝내야겠지. 시우 누나에게 들었으면 대충 알려나?"

"아, 선택요?"

"그래."

"네. 저, 그냥 이 세계에 남을게요."

아마 실바코프도 그녀가 이 선택을 하리라는 걸 잘 알고 있을 것이다. 아가씨 세계로 돌아갈 생각이 없지 않으냐고 먼저 물은 것은 그였으니까.

하지만 실바코프는 고개를 저었다.

"아냐, 아가씨. 대답은 일단 설명은 듣고 나서."

"하지만 전 이 외에 다른 걸 선택하지 않을……."

"이게 내 일이야. 원래 별것 아닌 계약을 할 때도 세부 조항까지 다 꼼꼼히 체크해야 하는데, 인생이 걸린 선택이라면 더 그래야지. 설명을 다 듣고도 생각에 변함이 없으면 그대로 해줄 테니 걱정하지 말고."

그러면서 실바코프는 가볍게 손가락을 튕겼다. 수아에게는 변화가 딱히 느껴지진 않았지만, 아마 주변 사람들이 접근하지 못하도록 하는 보호막 같은 것을 쳤을 거라고 짐작하는 건 어렵지 않았다.

"음, 알았어요."

결국 수아는 고개를 끄덕였다. 절차가 귀찮아지는 느낌이었지만 설명을 꼭 들어야 한다면 어쩔 수 없었다.

"말이 길어지진 않을 거야. 우선 첫째, 아가씨가 그냥 이 세계에 남는다. 그럼 겉으로는 바뀔 것이 아무것도 없어. 아가씨는 이곳에서 결혼하여 전하와 살게 되겠지. 단지 신은 아가씨의 운명을 여기에 만들 거고, 그럼 아가씨는 완전히 이곳의 사람이 되는 거야. 이계인이 아니라."

"어, 그러면 뭔가 달라지나요?"

"당연히. 여기 온 처음에는 쉽게 피로를 느꼈지? 그만큼이나 위화감도 제법 느꼈을 거고. 지금이야 익숙해졌을 테니 훨씬 덜하겠지만 그래도 이 세계 사람만큼은 아니지. 이제 그런 게 완전히 사라지는 거니까."

"그래요?"

수아는 눈을 동그랗게 떴다. 동시에 조금 반성했다. 확실히 설명을 듣긴 들어야 하는구나. 그녀는 선택이라는 건 그냥 저쪽 세계로 돌아가지 않겠다는 선언 정도라고만 생각했다. 하지만 여기에 등록하는 그런 절차이기도 한 모양이었다.

솔직히 이 세계에 처음 왔을 때 피곤했던 것도 하르페니언이 설명을 해서야 인지했고, 실바코프가 말하는 위화감이라는 게 정확히 무엇을 가리키는진 알 수 없었지만 어쨌거나 그런 것 없이 완벽하게 이 세계에 융합된다면 꽤 괜찮은 일이었다. 수아는 그런 생각을 하다가 하마터면 실바코프의 다음 말을 놓칠 뻔했다.

"둘째, 여기서의 생활을 버리고 저쪽으로 돌아간다. 이 경우 아가씨의 세계에서도 시간이 2년가량 지나 있을 거야. 이건 어쩔 수 없어. 단지 열쇠의 역할을 잘해준 아가씨에 대한 특별 서비스로 이미 끝나버린 저쪽에서의 생을 다시 만들어줘. 원래 죽을 운명이었지만, 그렇지 않은 걸로."

대충 짐작했던 말이었기에 수아는 고개만 끄덕였다. 그럼 당연히 첫 번째를…… 그렇게 말하려던 순간, 실바코프의 말이 계속 이어졌다.

"셋째, 모든 걸 없던 일로 만든다. 두 번째 것과 비슷하긴 한데, 일이 시작조차 되지 않은 거니 좀 다르지. 일단 이 경우도 아가씨의 목숨은 아가씨의 세계에서 연장돼. 단지 시간이 흐른 것을 걱정할 필요 없어. 아가씨는 처음부터 이쪽에 오지도 않았던 게 되니까."

"네?"

세 번째가 있다는 것도 의외였는데 그 내용이 하나도 이해가 가지 않았다.

"모든 걸 없던 일로 만들다뇨?"

"처음부터 아가씨는 이쪽으로 오지 않았고, 전하를 만나지도 않았다는 소리야. 아니, 좀 더 멀리 가게 되겠네. 전하의 저주는, 처음부터 없었던 거지."

"저주가…… 처음부터 없었다고요?"

"그래. 어차피 전하도 아가씨도 그 역할을 다 했어. 그 덕에 힘을 되찾은 신이 자신 때문에 고통을 받은 피조물에게 보상을 해주려고 하는 건 당연하겠지? 물론 이대로 가도 전하의 앞길엔 영광만이 있을 거야. 신의 가호를 받은 영웅이, 성녀를 아내로 삼아 대륙 최강국인 제국의 황제가 되는 거니까. 하지만 그게 정말 과거에 대한 완연한 보상이 될까? 어차피 전하는 제왕의 운명을 타고 태어났고 신의 가호 따윈 없어도 그 앞길은 탄탄대로였을 텐데, 너무 고생을 했지. 그러면 아예 처음부터 저주를 받지 않는 상황이 된다면?"

저주를 받지 않는 하르페니언. 그 단어를 떠올리는 순간 수아의 가슴에 무언가가 턱 와 박혔다.

"그게…… 가능해요?"

"가능하니까 말하는 거지. 봐, 내가 꼭 아가씨가 설명을 들어야 한다고 했잖아."

실바코프는 씩 웃었다.

"아가씨가 세 번째를 택하면, 아무 일도 일어나지 않았던 것이 돼. 전하는 저주를 받지 않고, 아가씨는 열쇠로서 이쪽에 오지 않아. 황후마마도 저주로 돌아가신 것이 아닌 원래 예정대로 황녀님을 낳은 후에 돌아가셨을 거고, 아가씨는 이곳에 넘어오지 않은 채 계속 저쪽 세계에서 살고 있겠지. 물론 이런 개념에 초연한 신이나 나 같은 드래곤은 이미 일이 벌어진 「지금」을 기억하고 있겠지만, 그리고 엘프 정도는 무언가 이상하다고 여길 수도 있겠지만 최소한 인간은 그 누구도 모를 거야. 어떻게 보면 이게 최고의 선택일 수도 있지. 전하가 제물이 되지 않은 채 세계는 이미 구해져 있는 것."

잠시 아무런 말도 할 수 없었다. 세 번째의 선택지는, 너무나도 이상적이게 들려서. 그리고 그럴 수 있으리라 감히 상상조차 못 한 것이라서.

하지만.

"그렇게 되면…… 저는, 알과 만날 수 없게 되나요?"

"물론. 하지만 괴롭진 않을 거야. 전하는 처음부터 아가씨의 존재 자체를 알지 못하니 기억도 하지 못해. 저번처럼 미친 듯 찾는 일도 당연히 없어지지. 아가씨도 마찬가지야. 환상마법 따위로 기억을 어설프게 덮는 게 아닌, 신이 직접 인과율을 돌려 조정하는 식이니까 무언가 기억의 파편으로도 남는 일이 없을 거야. 그냥 평온하게, 처음부터 아무것도 없었던 것처럼…… 아니 실제로 아무 일도 없던 걸로 지낼 수 있겠지."

수아는 당연히 이 세계에 남는 걸 택하려고 했다. 그건 수아 자신뿐만 아니라 하르페니언을 위한 것이기도 하니까. 그 또한, 그녀가 이곳에 남아 있는 것을 원하니까.

하지만 처음부터 그럴 필요가 없다면? 애초에 만나지도 않을 수 있다면?

이렇게 되기까지 정말 많은 일이 있었다. 수아는 자신을 찾는 가족들의 꿈에 계속 괴로워했다.

세상에서 가장 무서운 것 중 하나는 희망고문이다. 아예 시신이 발견되면 죽었다고 포기라도 할 수 있었으리라. 하지만 절벽에서 떨어져 행방불명이 된 상태로 계속해서 자신을 찾아야 했을 가족에게 너무나도 미안했다. 그런 가족들을 떠올릴 때마다 가슴이 아파 견딜 수가 없었다.

차라리 죽었다고 생각하게 해주세요.

그렇게 몇 번을 빌었던가.

하지만 그걸 처음부터 겪게 하지 않아도 되는 것이다.

하르페니언은 또 어떤가. 수아와는 비교도 되지 않는다. 그를 위해 직접 아들에게 닿아 죽어야 했던 어머니, 18년간 배척당하는 아들을 보며 아무것도 하지 못해 속이 새까맣게 타들어 갔던 아버지, 그리고 무엇보다도 아홉 살부터 스물일곱까지 저주를 받았다는 사실을 되새기며 괴로워하고 스스로의 목숨까지 단념해야 했던 하르페니언 그 본인. 생각만 해도 가슴 아픈 그 세월들. 주변은 또 어땠던가. 리노체스 백작과 부인의 눈물이 떠올랐다.

꾹, 수아는 입술을 깨물었다. 가슴에서 무언가가 울컥 올라왔다.

실바코프의 말이 맞다. 그러한 과거에 대한 최고의 보상은, 처음부터 아무 일도 일어나지 않는 것이다.

"아가씨는, 뭘 선택할 거야?"

그 말이 비수처럼 수아의 가슴에 꽂혔다.

머리로는 당연히 세 번째다. 그보다 더 좋은 선택이 어디 있을까.

하지만 그녀의 인생에서, 하르페니언의 인생에서 서로가 없다는 걸 상상하는 순간 가슴이 갈기갈기 찢어지는 것 같은 느낌이 났다. 물론 처음부터 일어나지 않는 일이 된다면 이런 감정도 일어나지 않으리라는 걸 안다. 알지만…….

"정말로, 기억이 완전히 없어져요? 떠오를 일이, 전혀요?"

"절대 없어."

"만에 하나라도……?"

정말 궁금해서 묻는 것이 아니었다. 아주, 아주 작은 확률이라도 그럴 수 있을 거라는 대답을 받으면 수아는 그걸 핑계로 삼아 도망칠 수가 있을 테니까. 하지만 실바코프의 말은 단호했다.

"만에 하나라도. 이건 세계가 구해졌다는 결과만을 남기고 모든 것을 리셋하는 거야. 그것에 틈이 있을 리가 없지."

수아는 울고 싶어졌다. 선택이 너무 잔인했다. 제정신으로 그녀가 하르페니언과 떨어지는 것을 택할 수 있을 리가 없다. 하지만 아무도 아파하지 않을 가능성을 보았는데, 그걸 외면할 수 있을 리도 없다.

"전…… 저는."

아무것도 하지 않았는데도 숨이 찬다. 몸에서 힘이 모두 다 빠져나가 버리는 것 같았다.

"제가…… 꼭 선택을, 해야 하나요?"

"흠?"

"이건, 제 문제만이…… 아니잖아요. 저보다는 오히려 알의 문제에 가깝지, 않아요? 그런데 왜 제가……."

"아가씨."

실바코프가 한 걸음 그녀에게로 다가섰다.

"이건 아가씨의 선택이자 권리야. 열쇠니까. 그렇게 따지면 전하도 아가씨의 목숨이 걸린 문제를 멋대로 결정한 거잖아? 물론 의논이 금지된 것도 지금 바로 결정을 해야 하는 것도 아니야. 그럼 전하와 이야기를 하고 나서 다시 나와 이야기하겠어?"

수아는 멍하니 그의 연보랏빛 눈동자를 바라보았다.

알이 이런 기분이었구나.

말이 의논이지, 말을 하는 순간 어떤 대답이 나올지 뻔히 안다. 상대는 필사적으로 이쪽을 설득하려고 할 것이다. 이건 단순히 의견을 나누는 것과는, 완전히 달라서.

하르페니언은 허튼생각하지 말라고 하겠지. 그러곤 당연히 첫 번째를 택하라고 말할 것이다.

그는 원래의 위치를 되찾을 수 있음에도 불구하고 그녀의 목숨을 택했다. 그런데 이제 와서 과거의 것들을 다시 가지고 싶을 거 같으냐고, 그렇게 말할 것이다.

어쩌지. 정말 하나도 모르겠다.

"그거조차 지금 정하기 힘든가 본데……. 그럼, 조금 선택을 도와줘 볼까."

혼란스러워하는 수아 앞에서, 실바코프가 또다시 손가락을 튕겼다. 그와 동시에 주변이 순식간에 바뀌었다.

휙.

수아가 그걸 제대로 인지하기도 전에 무언가가 수아의 앞을 스쳐 지나갔다.

"오라버니!"

수아 앞을 스쳐 지나간 것은 금색 머리칼을 지닌, 10대 후반 정도로 보이는 여자였다. 반사적으로 그녀를 눈으로 좇은 수아는 다음 순간 심장이 쿵 떨어지는 것 같은 느낌을 받았다.

"시엔."

"다녀오셨어요! 와, 이번 원정도 고생 많으셨어요."

"모습을 보니 잘 지냈나 보구나."

여자의 앞에는, 그녀를 사랑스럽다는 눈길을 내려다보는 하르페니언이 있었다.

"네. 오라버니도 무사히 돌아오셔서 다행이에요."

"내가 이런 작은 원정에서 생채기라도 하나 날 거 같더냐?"

"물론 오라버니 솜씨는 믿지만 만일의 경우라는 게 있잖아요? 후후, 그리고 이 원정을 작다고 표현하는 건 오라버니밖에 없을 거예요."

"요즘 들어 너무 지지부진하니까."

"조금만 덜 지지부진하면 나라 몇 개는 간단히 망하겠어요,

정말."

여자가 까르르 웃었다. 꽤 화려한 드레스 차림의 그녀는 약간 카르니언을 닮은 것 같기도 했고, 하르페니언을 닮은 것 같기도 했다. 한 가지 확실한 건 정말 눈부신 미인이라는 점이었다.

하지만 수아는 여자가 아닌 하르페니언에게 시선을 못 박고 꼼짝도 할 수 없었다. 그는 환하게 웃으며 여자의 머리를 자연스럽게 쓰다듬었는데, 분명 얼굴은 같은데도 완전히 다른 사람으로 보였기 때문이다. 옷이 남색과 흰색이 자연스럽게 섞인 황가의 문장이 있는 정복이라는 점도 있었지만, 단순히 복장 때문만은 아니었다. 그의 인상은 약간 오만하기까지 했고 표정 하나, 움직임 하나에도 자신감이 흘러넘치고 있었다. 말투도 낯설었고 분위기 또한 완전히 달랐다. 더구나 여자를 보며 짓는 웃음은 평소 그가 짓는 미소와는 너무 달라, 수아는 멍하니 그를 바라볼 수밖에 없었다.

알이 저렇게, 자연스럽고 환하게 웃을 수 있는 사람이었나?

"그래, 내가 없는 사이에 알폰스 경을 또 얼마나 괴롭혔을까."

"괴롭히다뇨! 그냥 질문을 약간 했을 뿐인데. 제대로 알려주지도 않으면서 뭐 그렇게 잔소리가 많은지."

여자가 입을 삐죽 내밀었다. 하르페니언이 그런 여자를 향해 소리 내어 웃었다.

"이런, 이런. 우리 동생은 참 궁금한 것도 많아."

"오라버니가 그러셨잖아요. 검술과 학문을 익히는 데 있어서의 기본 소양은 호기심이라고."

"그야 그렇지. 누군지 몰라도 우리 시엔을 데려가는 자는 참 큰 행운아일 거야."

"저 시집 안 가요! 다른 왕국의 왕비가 되는 것 따위 따분하기만 하고…… 무엇보다도 오라버니보다 더 멋진 남자가 없는 걸 어째요."

하르페니언이 다시 웃었다. 그러고는 부드럽게 여자의 빰에 키스했다.

"이런, 이런. 그사이 사람 추어올리는 솜씨가 더 늘었는걸."

"사실인걸요!"

"일단 들어가자꾸나. 얼른 보고를 처리하지 않으면 오늘 저녁은 함께 못 해."

"도와드릴게요."

"믿음직한걸."

남매는 발걸음을 옮겼고, 수아는 홀에서 나가는 두 사람의 뒷모습을 보며 그 자리에서 꼼짝하지 못하고 멈춰 서 있었다.

얼마나 그렇게 서 있었을까. 어느 사이엔가 다리가 풀렸다.

"어이쿠, 괜찮아?"

실바코프는 그녀의 한쪽 어깨를 받쳐주었지만, 그 정도로 지탱될 몸이 아니었다.

결국 수아는 바닥에 그대로 풀썩 주저앉아 버렸다. 하지만 수아는 지금 자신이 어디 앉아 있는지에 대한 건 조금도 신경이 쓰이지 않았다.

"……있죠, 실바코프 씨."

"응, 아가씨."

"방금…… 하르페니언이었죠?"

"그렇지."

"그리고, 그 여동생…… 황녀 전하랑."

"그래."

굳이 실바코프의 대답을 듣지 않아도 알 수 있는 사항이었다. 그리고 지금 이곳이 어디인지도 알 수 있었다.

저주를 받지 않은 하르페니언이 있는 세계. 본래대로 제왕의 운명으로 그렇게 살아갈 수 있던 세계. 사랑스러운 여동생이 있고, 그 누구에게도 배척받지 않으면서 충실히 그의 삶을 살아갈 수 있는, 그러한.

"황태자 전하는 나이 차 나는 여동생에게 꽤 약해. 황녀 전하는 그런 오라버니를 아주 따르고, 사이는 보다시피 아주 좋지."

실바코프가 설명했다.

"제국은 어느 때보다 더 부강해. 원정이 있고 전쟁이 있다 보니 사람들이 병사로 좀 더 차출되긴 하지만 그마저도 경제에는 더 도움이 됐지. 사람들의 생활도 평균적으로 훨씬 부유하고 교류가 활발하다 보니 문화, 예술, 상업의 발달은 그 어느 부분에서도 최고조야. 모두가 황태자 전하를 칭송하지. 하루라도 빨리 황제위에 오르길 원하고 있어."

그는 마치 하르페니언이 본래 이쪽에서 사는 사람인 것처럼 말하고 있었다.

"물론 혼담도 아주 많이 들어와. 본래는 좀 더 빨리 결혼하셔야 했지만 여러 일이 있다 보니 벌써 네 번이나 약혼녀가 바뀌었어. 뭐, 정황상 지금 약혼녀가 마지막이 될 것 같아. 다른 왕국의 공주님인데 전하도 슬슬 결혼을 더 미룰 수 없기도 하고, 실제로 세 번째 약혼식도 준비 중이지. 그럼 그 공주님이 제국의 예비 황태자비마마가 되는 거야."

굳이 실바코프의 설명이 아니더라도 수아는 확실히 이해했다. 이곳의 그에게는 그녀 따윈 필요가 없다는 걸. 왜냐면 여기에 있는 하르페니언은 완전히 다른 사람이니까. 이곳의 그가 행복하고 또 충족되어 있다는 것 또한 뼈저리게 느꼈다.

겨우, 그가 동생과 대화를 나누는 그 짧은 순간을 본 것만으로도.

툭, 눈물이 떨어졌다. 언제부터 울고 있었을까.

보고 싶지 않았다. 생각하고 싶지 않았다. 선택하고 싶지 않았다.

왜.

하지만 그러면서도 알았다. 그녀가 선택해야 할 길을.

"실바코프 씨."

목이 살짝 잠겨 있었다. 실바코프가 무언가 더 설명하려던 말을 멈추고 그녀에게로 고개를 돌렸다.

"선택, 지금 해도 되는 거죠."

"물론. 결정했어?"

"네."

"시간 더 안 줘도 돼?"

"그래도 결론은…… 똑같을 거예요."

목이 메여왔다. 하르페니언에게 미안해서 견딜 수가 없었다. 그는 그렇게나 그녀를 위해줬는데, 수아는 겨우 이런 선택밖에는 할 수가 없었다.

"그래, 어떤 걸로 할래?"

실바코프의 목소리는 평소와 같았다.

수아는 입을 열기 직전, 잠시 이 외에 다른 선택을 할 수 있지 않았을까 하는 생각을 했다. 하지만 아무리 생각해도 그녀의 결정은 이것뿐이었다.

그녀는 선택했다.

하르페니언은 반지를 보고 있었다. 꽤 아름다운 반지였다. 반투명한 링은 빛에 따라 색이 달라졌고, 그 위에 박혀 있는 검은색과 흰색 보석은 그 반짝임과 어우러져 하나의 예술작품처럼 보였다.

생각보다 준비에 시간이 걸렸다. 가공할수록 단단해진다는 이즈벳의 속성을 안 이상 굳이 다른 금속을 사용하고 싶지 않았다. 이즈벳이라면 따로 관리를 하지 않아도 오랫동안 흠 없이 지닐 수 있을 것이다. 그래서 그가 생각한 건 커다란 이즈벳을 통째로 링 모양으로 만든 후 그 위에 보석을 박는 식이었다. 하지만 황실에 납품하는 장인마저도 그 말에는 난색을 표했다. 도저히 가능한 기술이 아니라는 것이다.

어째야 하나 싶었을 즈음, 도움을 준 건 실바코프였다. 드워프에게 도움을 요청하면 어떻겠느냐고 했다. 그다지 익숙하지 않은 종족의 이름에 살짝 미간을 찌푸린 하르페니언에게, 은발의 드래곤은 순순히 타 종족의 호의를 받아들이라고 말했다.

현재는 잊혀진 종족들이 돌아온다고 공식적으로 발표는 하지 않은 상태였다. 인간들에게도 준비할 시간이 필요했기 때문이다. 특히 각국 수뇌부에게는 더더욱 그랬다. 갑자기 권력이 전혀 미치지 않는, 그것도 인간보다 훨씬 수명도 길고 능력적으로도 더 뛰어난 무리가 돌아오게 되어버린다면 자칫 최악의 길을 걸을 수도 있었다. 그들을 적으로 규정하여 말살시켜, 아예 불안 요소 자체를 없애려고 하지 않으리라는 장담을 할 수가 없는 것이다.

그래서 제국은 우선 각국 왕실에만 곧 타 종족이 돌아온다는 사실을 알리고, 그 정책에 대해 논의 중인 상황이었다. 우선은 제국에만 먼저 돌아오는 식으로 하여 융합해나가는 모습을 보여주는 쪽으로 방향이 잡히고 있다고 했다. 다른 나라에 타 종족이 돌아가는 것은 그 이후다.

지금 결계 너머에 있는 엘프와 드워프는 이러한 상황을 알고 있었다. 더구나 수명이 긴지라 신마전쟁 때 인간에게 해를 당한 것을 기억하고 있는 이들이 아직도 제법 살아남아 있었다. 당연히 다시 인간과 섞인다는 것에 불안함이 컸다.

그 와중에, 성녀에게 결혼의 징표가 될 장신구가 드워프제가 된다면 그건 타 종족을 신 또한 받아들였다는 상징으로 삼을 수도 있다는 소리였다.

충분히 일리 있는 소리였기에, 하르페니언은 순순히 그 제안을 받아들였다.

그리고 처음 생각보다는 꽤 느리게, 하지만 이즈벳을 다루는 것치고는 굉장히 빠르게 반지가 도착했다.

기뻐해줄까.

사실 이 세계에서는 결혼과 반지는 전혀 상관이 없다. 중요한 건 혼인계약서의 서명이지 반지 같은 액세서리는 그저 결혼 선물 중 하나일 뿐, 마음을 나눈다거나 어떤 증표로 사용하지는 않는다. 하지만 수아의 세계에서는 반지가 결혼을 상징하는 어떤 것인 모양이었다. 그래서 일부러 따로 준비한 것이다.

원래는 이 반지를 건네주며 정식으로 청혼을 하려고 했는데, 어쩌다가 순서가 바뀌어버렸다. 지금은 어찌나 빠르게 결혼 준비가 진행되고 있는지 하르페니언이 정신을 차리지 못할 정도였다. 물론 정식으로 결혼하는 날은 돌아오는 여름으로 잡혔기에 실질적으로는 1년 정도의 기간이 남았지만, 그전에 약혼식 세 번을 모두 치르고 그 외의 자잘한 절차까지 따르려면 상당히 빠듯했다.

여기에 그가 복귀한 일처리까지 겸하려면 그야말로 눈이 핑핑 돌 정도였지만, 수아가 허락한 이상 오히려 그 분주함은 행복하기까지 했다.

잠깐 수아와 나가야겠다. 이것저것 구경하는 걸 좋아했지. 요즘은 대부분 궁 안에만 있었으니, 청혼을 하는 장소는 아무리 근사하다 하더라도 성 안이 아니라 밖이 나을 것 같았다.

다시 배를 타는 것도 좋겠다. 하루 정도면 어떻게 시간을 빼볼 수 있을 테니, 대충 일정을 잡고……

그런 생각에 빠져 있던 하르페니언은, 인기척을 느끼고 고개를 들었다.

"뭔가."

그곳에는 은발의 인물이 서 있었다. 실바코프가 불쑥, 여기저기 나타나는 건 익숙하긴 했지만 누군가가 있는 방에 이렇게 노크도 하지 않은 채 곧바로 방 안에 나타난 적은 거의 없었다.

"아무래도 전하께 알려드려야 할 것 같아서요."

그의 언제나와 같이 미소를 짓고 있었다. 하지만 그 표정이 평소와는 느낌이 꽤 달랐다.

"아가씨가 선택을 하셨습니다."

"선택?"

그러고 보니 그런 소리를 들은 적이 있다. 수아는 선택에 의해 본인의 세계로 돌아갈 수 있을 거라고. 그걸 떠올린 순간 하르페니언은 의자에서 벌떡 일어났다. 쿠당탕, 그 반동으로 묵직한 나무 의자가 바닥에 굴렀다.

"이제 와서 무슨!"

"모든 것이 끝난 후니까요. 아가씨도 마무리를 지으실 수 있는 권리 정도는 있지 않겠습니까."

"그래서 수아는 뭘 택했지?"

수아는 이곳에 남는다고 몇 번이나 말했다. 그건 의심하지 않는다. 하지만 굳이 왜, 이 드래곤이 여기까지 와서 그걸 이야기해주는 걸까. 불안감이 삽시간에 몸을 잠식했다. 저번 하르페니언의 「선택」에 속임수가 있었던 것처럼, 이번에도 무언가 수작을 부린 것이 아닐까. 만약 여기에 남게 되면 하르페니언이 죽거나 다시 저주가 걸리게 된다는 식으로 이야기를 한 거라면, 그래서 수아가 다시 돌아가는 걸 택했다면…….

그걸 잠시 떠올리는 것만으로도 온몸의 피가 식는 것 같았다.

"일단 전하께도 간단히 설명을 드려야겠죠."

실바코프는 수아에게 말했던 것보다는 더 간단하게 세 가지 선택에 관해 설명했다. 첫 번째와 두 번째까지는 초조한 표정으로 듣던 하르페니언은, 이내 세 번째 선택에 관해 이야기를 듣자마자 표정이 변했다.

"웃기는군. 모든 걸 없던 일로? 개소리."

"어라, 왜 그러십니까."

"이미 벌어진 사건을 어떻게 없는 걸로 되돌릴 수 있지? 아니, 설령 그럴 수 있다고 해도 게 무슨 의미가 있는 거지? 저주를 받지 않은 나? 그게 정말 나이기는 한가?"

그는 이를 악물었다. 수아가 실바코프에게 설명을 듣고 어떤 생각을 했을지 그릴 듯이 잡혔다.

"그래서, 수아는……!"

"진정하십시오, 전하. 무얼 선택하셨는지는 직접 들으시는 게 예의죠. 아가씨의 선택이 실행되기 전에 잠시 만날 시간 정도는 제 권한으로 드릴 수 있습니다."

그 소리에 철렁 심장이 내려앉는 것이 느껴졌다.

시간을 준다. 만약 수아가 첫 번째를 선택했다면 실바코프가 이런 표현을 썼을까. 발밑의 땅이 흔들린다. 안 돼. 안 된다. 모든 것이 다 정말 다 끝났다고 생각한 이때, 영원히 그녀가 자신의 옆에 있을 거라고 안도한 이때, 이제 와서 수아를 이런 어이없는 일로 잃을 순 없었다. 아예 잃은 사실조차 모를 거라고? 그것만큼 웃기는 소리가 또 어디 있을까.

실바코프의 팔이 우아하게 허공을 갈랐다. 그와 함께 공간이 일그러지며 눈앞에 황태자궁 내부의 모습이 보였다.

"아직 아가씨는 궁 안에 계십니다."

아직, 이라는 저 말이 미친 듯이 마음에 걸렸다. 하르페니언은 급히 그 공간으로 발을 내디뎠고, 주변은 황태자궁으로 바뀌었다.

수아는 어디 있지? 그를 알아본 몇몇 고용인들이 고개를 숙였지만 하르페니언은 그들에게 시선조차 돌리지 않고 곧바로 궁 안쪽으로 거의 달리듯 급하게 발걸음을 옮겼다.

"수아!"

방에는 없다. 평소 그녀가 어디에 있더라? 그녀가 황태자궁으로 들어온 후 하르페니언이 이 시간에 온 적이 없다 보니 잘 짐작이 가지 않았다. 티룸에도, 서재에도, 침실이나 그녀의 방에도 없었다. 그렇다면 남은 곳은…….

하르페니언은 응접실 문을 열려다 말고 잠시 멈칫했다. 그 드래곤은 선택이 실행되기 전에 잠깐 만날 시간을 준다고 했다. 반대로, 지금 이 문을 열고 들어가면 모든 것이 끝나는 것이 아닐까? 그녀를 만나지 못하고 있는 이 시간이, 오히려 그녀가 이 세계에 머물고 있는 시간을 조금 더 연장시키고 있는 거라면.

그렇게 망설였지만, 어차피 계속 그녀를 만나지 않은 채 이대로 있을 수만은 없었다. 하르페니언은 이를 악물고는, 응접실의 문을 열었다.

৩৩ ৩৩

잠깐, 아무도 없는 줄 알았다. 하지만 그녀의 기척이 확실히 느껴졌고, 곧 커튼 뒤에 누군가가 있다는 걸 알았다. 그쪽에서 울음소리가 새어 나왔기에.

"수아."

흠칫. 커튼 뒤쪽에서 몸을 떠는 것이 확실히 느껴졌다.

"수아."

도대체, 왜.

견딜 수 없을 정도로 화가 났다. 동시에 가슴이 찢어질 듯이 아파왔다. 머리가 어지럽다. 그녀가 안쓰럽다가도, 도대체 왜 그런 선택을 했는지 이해되다가도 이해되지 않았다.

완전히 없어지고, 모든 것이 되돌려진다고 한다. 그렇다면 지금 있는 이 감정도 없는 것이 될까? 그동안 느꼈던 모든 감각도, 완벽하다 느꼈던 순간도, 나눈 대화도, 행위도 전혀 의미 없는 것이 되어버리는 걸까?

그럴 리가.

하르페니언은 성큼성큼 그녀 쪽으로 다가가 커튼을 확 젖혀버렸다. 창밖에 석양이 지고 있었다. 그 붉은빛 속에서, 몸을 웅크린 채 울면서 떨고 있는 수아의 모습이 보였다.

"아, 알⋯⋯."

그녀는 목이 완전히 메어 있었다. 하르페니언은 곧바로 그녀의 어깨를 움켜잡았다.

"수아."

"미안, 미안해요⋯⋯."

사과 같은 건 받기 싫었다. 그저 화가 났다. 무엇에 대해 화를 내고 있는지도 모르겠다. 아니, 자신이 화를 내고는 있는 걸까.

"미안해요, 알⋯⋯."

흑흑, 울음소리가 새어 나온다.

눈물이 또르르 눈동자에서 흘러 뺨으로 흘러내리는 것이 마치 슬로모션처럼 보였다.

"왜……."

울컥, 그 또한 무언가가 가슴 속에서 치솟아 올랐다.

겨우 이렇게 헤어지려고, 그 세월을 감내했던가. 처음으로 되돌린다 하여 그 세월 자체가 없었던 것이 되어버리나. 그게 무슨 보상이 되나.

결국 그는 그녀를 자신의 품 안으로 끌어당겼다. 그리고 절대 빠져나갈 수 없을 정도로 강하게 그녀를 껴안았다.

"안 돼. 그러지 마, 수아."

선택 따위 모른다. 더 이상 이성적인 생각은 하지 않을 테다.

무슨 일이 어떻게 벌어지든, 그는 그녀를 절대 놓지 않을 것이었다.

"흐흑, 미안……해요. 제가……."

그녀의 목소리가 귓가로 가늘게 들려왔다.

"선택을……."

"가지 마."

그는 차라리 애원했다.

"제발……."

그리고 그 말밖에는 할 수 없었다. 스스로의 몸이 떨려오는 것이 느껴졌다.

수아가 없다면 세상 모든 것에 의미가 없다는 걸, 어떻게 납득시킬 수 있을까. 그녀를 만나지 못한 그라는 존재 따윈, 전혀 의미가 없다는 걸.

"기회, 가 있었는데…… 제가, 흑, 너무……."

수아의 두 팔이 그의 등을 감싸 안았다.

"미안해요……. 결국, 저는 저만……."

그녀는 계속 흐느꼈다. 하르페니언은 그런 수아를 더욱 꼭 껴안았다.

그렇게 얼마나 있었을까. 사라질 기미가 보이지 않는다. 수아는 여전히 그의 품 안에 있었다. 그 사실에 아주 조금 안도가 들자, 조금 전 수아가 했던 말의 뜻이 다시 한 번 머릿속으로 들어왔다.

미안하다고 했다.

그건 선택에 대한 사과였다. 하지만 그 뒷말이 잘 이해가 가지 않았다. 기회라니?

"수아."

목에서 쉿소리가 났다. 그는 조심스럽게 물었다.

"그대는, 어떤 선택을 했지?"

그 소리에 약간 그녀의 몸이 떨렸다.

"전……."

잠깐 멈췄던 울음이 다시 그녀의 목소리로 스며들었다.

"결국, 못 했어요. 기회가 있었, 는데…… 알이, 다시…… 아무렇지도 않을…… 그 기회가……."

그 말 사이사이 울음이 새어 나와 알아듣기는 쉽지 않았지만, 그게 어떤 뜻인지 인지한 순간 그는 마치 벼락을 맞은 것 같은 감각을 느꼈다.

"뭐?"

하르페니언은 급하게 자신의 품에서 수아를 조금 떼어냈다. 그 상태 그대로 어깨를 잡고, 가까이서 그녀의 눈동자를 마주 보았다.

"잠깐, 그 소리는."

"전, 결국 제가 행복한 길을 택했어요."

이번에는 목소리가 좀 더 뚜렷했다. 수아는 울음을 참듯 입술을 한 번 꾹 누른 후 말을 이었다.

"저, 봤어요. 알의 여동생. 굉장히 예쁜 사람이었어요. 애교도 넘쳤고 알도 그런 여동생과 사이가 좋았어요. 저주를 받지 않은 알 또한…… 봤는데."

결국 수아의 검은 눈동자에 눈물이 고였다.

"그렇게 행복해, 보였는데…… 그런데도…… 저는 그쪽을 택하지 못했어요. 알이…… 알이 절 모른다는 게 너무, 너무 무서워서. 이제 와, 서…… 알이 곁에 없는 저를 상상하질 못해서."

하르페니언에게 미안해서 견딜 수가 없었다.

그는 그렇게나 그녀를 위해줬는데, 자신은 겨우 이런 선택밖에는 할 수가 없었다. 얼마나 지독히도 이기적인지.

하지만 그녀는 하르페니언에게서 자신이 지워지지 않기를 원했다.

수아의 가족이 힘들 걸 충분히 짐작하면서도, 황제와 황후가 어떤 심정으로 세월을 보냈는지 알면서도, 무엇보다도 하르페니언이 저주를 받은 뒤 어떤 생활을 했는지 모르지 않으면서도 그래도 그걸 그가 견뎌 그녀에게로 닿는 지금의 상황을 원했다.

"미안해요."

결국 그녀의 선택은 첫 번째, 이 세계에 그대로 남는 것이었다.

주르륵, 하르페니언의 몸에서 힘이 빠져나갔다. 그는 그대로 휘청였고, 수아가 당황하며 그런 그의 몸을 잡았다. 하지만 체격 차가 상당한 그녀가 그를 완전히 지탱하기는 무리였다. 결국 하르페니언은 창문 쪽에 몸을 박은 채 미끄러졌고 그를 잡으려고 했던 수아도 그 위로 엎어졌다.

"하."

그가 웃는다.

"하하……. 진짜 그대는……."

다음 순간 하르페니언이 수아의 어깨를 꽉 붙잡았다. 그의 위에 올라탄 모양새였던 수아는 그대로 움직일 수가 없게 됐다.

"말했잖나. 절대 그대의 세계로 보내지 않겠다고. 그대도 돌아가지 않는다고 했지. 거기에 그 어떤 조건이 붙는다고 해도 그건 변하지 않아."

"하지만……."

"힘들었으니까, 그 힘든 걸 없애기 위해 처음부터 모든 걸 없애자고? 저주가 없는 길로 가서 최고의 삶을 살자고? 수아, 그건 정말 의미가 없어. 내가 저주를 받은 건 18년이 넘었어. 이제 와 그 사실을 없애면, 나는 내가 아니게 돼. 그 모든 걸 겪었기에 나인 거야."

아직 모든 것을 알지 못했을 때, 하르페니언은 생각하고 또 생각했다. 만약 그날, 아홉 살 때의 생일로 되돌아간다면 어머니가 그에게 달려오는 것을 피했을 거라고. 무슨 일이 있더라도 닿지 않게 했을 거라고.

그랬더라면 어머니는 돌아가시지 않았겠지. 아버지도 날 싫어하지 않으셨을 거야.

하지만 결국 어머니가 그에게 닿은 건 의도적인 것이었고, 오히려 그때부터 모든 것이 시작되었을 뿐이었다.

"수아. 난 충분히 행복해. 앞으로는 더 행복해지겠지. 그런데 왜 굳이 지난 과거를 지워야 하는 거지? 왜 「지금」과는 전혀 상관없는 행복을 생각해야 하는 거야……? 심지어 그게 더 행복할 거라는 건, 아무도 장담할 수 없는데."

이제야, 천천히 안도가 든다. 간신히 입가에 미소 같은 걸 띨 수가 있게 되었다.

수아는 지금의 그를 택했다. 계속 이대로 함께 있을 수 있다.

그 사실이 머리가 아찔거릴 정도로 기뻤다.

"지금 여기, 모든 걸 겪은 지금의 나로, 그대 곁에 있겠다는 건 그대의 선택이 아냐. 내 선택이지."

하르페니언은 다시 그녀의 허리에 팔을 감아, 그의 품 안으로 끌어당겼다. 따뜻하고 부드러운 몸. 그 안에 두근거리는 심장 소리가 들렸다.

"알."

그리고 그의 이름을 부르는 그녀의 목소리는 감미롭기 짝이 없었다.

"사실 전, 알이 이렇게 말해줄 거…… 알고 있었어요."

"응."

"이기적이죠. 결국 저 좋을 대로 했는데 괜찮다는 이야기나 듣고 싶고……."

"수아."

그의 입술이 살짝, 그녀의 입술에 닿았다 떨어졌다.

"말했잖아. 그대가 원하는 게 내가 원하는 거야. 그게 이기적이라면, 그대는 좀 더 이기적이어도 돼. 원하는 모든 걸 요구해. 설사 그것이 나에게 불가능한 것이라고 해도 어떻게든 이루어줄 테니."

하르페니언은 엉망이 된 수아의 얼굴을 손으로 훔쳤다. 어찌나 울었는지 눈이 상당히 부어 있었다.

"다른 생각은 하지 마. 그대는 여기서, 내 아내로 사는 거야. 그게 유일하게 남은 길이야. 다른 선택지 따윈 없어. 처음부터, 없었어."

수아는 잠시간 하르페니언을 바라보았다. 금색 눈동자는 부드럽게, 하지만 어느 때보다 확신을 담아 빛났다.

그녀는 그 순간 알았다. 아마 자신은 평생 이 순간을 떠올릴 것이다. 결국 하르페니언을 자신의 옆에 잡아둔 것에 대한 미안함, 그럼에도 몇 번이고 같은 선택을 할 자신, 그 모든 걸 알고 있음에도 선택지 따윈 처음부터 없었다고 말해주는 연인.

그녀는 이 선택을, 결코 후회하진 않을 것이다.

수아는 미소 지었다.

"네."

그의 입술이 다시 와 닿았다. 처음에는 살포시, 점점 더 강하게, 그리고…….

툭. 자세가 완전히 역전되고, 그가 그녀에게로 완전히 몸을 기울이는 순간 그의 품 안에서 무언가가 떨어져 수아의 몸을 스쳤다. 하르페니언의 시선이 잠시 그쪽으로 가나 싶더니, 그녀를 바로 앉히며 완전히 맞붙어 있던 몸을 뗐다. 수아가 가쁜 숨을 가다듬는 사이, 그는 떨어진 작은 상자를 집어 들었다.

"이번에야말로."

그는 약간 허탈하게 웃었다.

"좀 더 분위기 있는 자리에서 주고 싶었는데, 지금이 아니면 안 될 거 같군."

그 소리와 함께 그는 그것을 수아에게 내밀었다.

수아는 잠깐 눈을 깜빡거리며 그와 상자를 번갈아 바라보다가, 곧 그걸 받아 들었다. 나무 상자는 겉의 세공이 상당히 화려했다. 아무리 봐도 안에는 액세서리가 들어 있을 것만 같은 모습이었다.

만약 저쪽 세계에서라면 보자마자 반지부터 떠올렸겠지만, 이곳에서는 반지가 그다지 대중적인 액세서리는 아니었다. 손에 무언가를 낀다는 것 자체를 귀찮게 여기는 것이다. 심지어 귀부인들 사이에서도 그렇게 인식됐다. 그러다 보니 당연히 반지가 로맨틱한 선물도 아니었다.

"열어봐도 돼요?"

"그러라고 준 거야."

뭘까. 돌아온 이후 사람을 통해 들어온 장신구는 잔뜩 있었다. 황태자 전하의 명으로 전달한다고는 했지만, 당연하게도 하르페니언에게 선물을 받는 느낌은 들지 않았다. 그의 선물이라고 느껴지는 장신구는 이즈벳 목걸이 하나였다.

수아는 두근거리며 상자를 열었다. 그리고 넋을 잃었다.

그 안에 있는 것은 예상과는 다르게 반지였다. 그것만으로도 수아에게는 꽤 로맨틱하게 느껴졌을 텐데, 심지어 그 반지는 이제까지 본 것 중에서 가장 아름다웠다. 석양빛을 받아 빛나는 반지는 무수한 각도로 빛을 뿜어내고 있었다. 그 위에는 검은색과 흰색의 보석이 자잘한 알갱이부터 제법 굵은 알까지 뒤섞여 장식되어 있었는데, 보기만 해도 그 빛에 마음을 빼앗길 것만 같은 느낌이었다.

"맙소사⋯⋯."

한참 뒤에야 간신히, 그런 말이 나왔다.

"이거⋯⋯."

"음, 마음에 드나."

그가 조심스럽게 묻는 말에, 수아는 다시 한 번 기가 찼다. 이게 마음에 안 들 여자가, 아니 안 들 사람이 있기나 할까?

"당연하죠! 세상에, 너무 예뻐요. 저 이런 건 처음 봤어요."

뺨까지 붉혀가며 진심으로 말하는 그 모습에, 하르페니언은 안심한 듯 반지를 직접 집어 들었다. 그 갑작스러운 행동에 수아가 어, 하고 소리를 내자 그가 그녀를 보며 웃었다.

"그대의 세계에선 반지가 연인 사이에서 많이 주고받는 징표라 했지."

그러고는 나머지 한 손으로 수아의 왼손을 잡았다.

"왼손 약지는, 심장과 연결되어 있다고."

하르페니언은 조심스럽게 반지를 그녀의 왼손 약지에 끼워주었다.

"원래는 이걸 건네주면서 정식으로 청혼하려고 했지만……. 지금은 청혼이 아니라 이렇게 말해야겠군."

그는 부드럽게, 눈물이 다시 고이고 있는 수아의 얼굴을 보며 말했다.

"나와 함께, 목숨이 끝날 때까지 이 세계에서 살아줘."

가슴이 벅차올라 목소리가 나오지 않았다. 그래서 수아는 대답 대신, 미소를 지으며 고개를 끄덕였다.

그 모습을 보는 하르페니언의 입가에서도 설핏 미소가 어렸다.

다음 순간 수아는 하르페니언의 품 안에 있었다. 두근거리며 뛰고 있는 심장 소리가, 그의 체온이, 그리고 그녀를 강하게 안고 있는 그의 팔과 몸이 더 의심할 필요가 없는 그녀의 현실이었다.

고마워.

그가 그렇게 속삭이는 것 같았다. 하지만 다음 순간, 그 말은 그녀의 입술 안으로 사라졌다.

수아는 그렇게, 정식으로 이곳의 사람이 되었다.

새로운 시작

사람들의 환호 소리가 들렸다. 아직 방인데도 여기까지 저 소리가 들린다는 건, 정말 어마어마한 인파가 모였다는 뜻이리라. 이대로 혼이 빠져나갈 것만 같았다.

그런 그녀의 손을 잡는 이가 있었다.

"그렇게 긴장할 필요 없어."

"으······."

그제야 수아는 하르페니언이 옆에 있다는 사실을 깨달았다.

"손끝이 차가운데."

"지금 제가 어디에 있는지도 잘 모르겠어요."

"이번에도 별일 없을 거야."

"여기서 별일 있으면 전 선 채로 기절해버릴 거예요."

황태자의 결혼이라는 건 여러모로 정신이 없었다. 그나마 수아에게 따로 친정이라 할 수 있는 집안이 없고, 따로 양녀로 들어가야 할 필요도 없었기에 그와 관련된 절차는 많이 생략됐다. 또한 성녀라는 것을 내세워 신전과 관련된 절차도 대부분 없애 버렸다. 그럼에도 일이 많은 건 마찬가지였다.

우선 약혼식부터 그렇다. 처음에는 대신전에서 황족들만 참여하는 약혼식, 다음에는 귀족들이 참여하여 연회가 이어지는 약혼식, 마지막으로 제국민 앞에서 공표하는 약혼식이다. 그나마 약혼식이기에 각각 하루씩 소요하고 그사이에도 며칠씩 간격을 두기에 충분히 휴식을 취할 수 있다. 하지만 실제 결혼식은 총 7일을 연달아 치러야 하고 그 축제는 한 달이 넘게 이어진다니 듣기만 해도 정신이 아득해졌다.

그래도 성녀임을 내세워 첫 번째 약혼식은 생략했으나 두 번째 약혼식은 절차대로 진행했다. 그때도 수아는 바짝 긴장했지만 다행히 실수 없이 마칠 수 있었다. 가장 걱정했던 건 하르페니언과 연회의 첫 곡을 함께해야 하는 것이었는데, 다행히 열심히 연습한 보람이 있었는지 그의 발을 밟지도 않고 스텝이 꼬이지도 않은 채 무난히 끝났다.

그리고 지금이다.

본래 세 번째 식 다음에 예비 황태자비 칭호를 받고 황태자궁으로 들어가 이 이후에는 거의 황실의 일원으로 인정받게 된다.

무엇보다도 백성들 앞에서 선포하는 것이니만큼 파혼도 어려워져, 오히려 결혼식보다 이 세 번째 약혼식이 결혼 과정에서 가장 중요하다고 보는 사람도 있었다. 7일간 이어지는 결혼식은 이미 확고한 그 사실을 다시 한 번 모두에게 널리 알린다는 뜻에 더 가깝다면서.

수아는 일찍 예비 황태자비의 칭호를 받게 되었지만 그렇다고 해서 세 번째 약혼식이 중요하지 않다는 건 아니었다. 그걸 알고 있는지라 더 긴장이 됐다. 그나마 이번에는 춤을 출 일은 없으니 저번보다 더 낫지 않나 싶기도 했지만, 막상 사람들이 모인 걸 창 너머로 슬쩍 봤을 뿐이건만 차라리 귀족들 사이에서 몇 곡이고 추는 것이 낫다는 생각만이 들었다.

수아는 하르페니언의 손을 더욱 꼭 잡았다.

"익숙해······져야겠죠?"

"결혼식 때는 마차 퍼레이드도 있으니."

그래, 그때는 사람이 더 많을 터였다. 그거에 비하면 지금은 연습 같은 거다. 그렇게 몇 번이고 자신에게 되새겼지만 뻣뻣하게 굳은 몸은 풀어질 줄을 몰랐다.

수아는 안절부절못하며 시선을 여기저기 돌리다, 그녀가 잡은 하르페니언의 손에 시선이 스쳤다. 그 손에는 반지가 끼워져 있었고, 수아는 그걸 본 순간 저도 모르게 미소 지었다.

"그러고 보니, 알. 그 반지 안 불편해요?"

"전혀."

조금의 망설임도 없는 대답이었다.

"웬만한 힘으로는 깨지지 않을 걸 알다 보니, 검을 잡을 때도 별로 의식이 안 돼. 솔직히 처음에는 좀 걸리적거리는 느낌이 있었는데 익숙해지니 평소엔 내가 반지를 끼고 있는지도 별로 의식하지 못할 정도야."

"그래요?"

"그래. 그리고 조금 불편하면 어때서. 그대가 만들어준 반지인데."

그렇게 말해주는 것이 기뻐, 수아는 살짝 뺨을 붉혔다.

하르페니언은 반지가 수아의 세계에서 사랑을 맹세하는 것에 쓰인다는 것까지는 알았지만, 그걸 교환해 커플링으로 끼는 것에 의미가 있다는 것까지는 몰랐던 모양이었다. 당연하다. 거기까지는 말을 한 적이 없으니까.

하지만 기대하지도 않은 반지를 이렇게 받은 이상, 수아는 가급적 하르페니언에게도 커플 반지를 끼워주고 싶었다. 그래서 처음에는 리노체스 부인에게 의논했지만 원래 화려한 가공품과는 거리가 먼 삶을 살던 사람이었던지라 크게 도움은 되지 않았다. 다음에 의논을 한 상대는 플로나와 아이린. 아무래도 상인 집안 출신이다 보니 실질적인 부분을 더 잘 알 것 같았다.

플로나와 아이린은 그동안 몇 번 만났었다. 회궁에 다녀와서 「선택」을 한 이후, 조금 진정하고 다음으로 만난 것이 이 둘이었다. 그리고 만난 순간, 아이린은 물론 플로나까지 기절하는 것이 아닐까 할 정도였다. 아무리 황태자가 그녀의 연인이라는 것도 알고, 저주는 그녀가 풀 것이라고 이야기를 해놨음에도 성녀와 예비 황태자비 호칭이 두 개나 붙은 그녀는 상상도 못 한 모양이었다. 물론 수아 자신도 상상을 못 했으니 무리도 아니다.

수아는 여전히 그들을 친구라고 생각했지만, 그렇다고 성녀이자 황족의 일원이 된 수아와 황궁에서 일하는 여관 둘의 관계가 이제까지처럼 이어질 수 있을 리도 없었다. 둘은 더 이상 수아를 이름으로 부르지도, 반말을 하지도 않았다. 마치 회궁의 고용인들처럼.

물론 머리로는 이해한다. 하지만 아무래도 이 둘이다 보니 그게 특히나 더 섭섭했다. 그것이 표정으로 나왔는지, 플로나가 웃으며 말했다.

—겨우 말투로 본질이 변하진 않잖아요. 마마께서 저희를 친구로 생각해주신다면, 형식이야 어떻든 계속 친구 아니겠어요?

그 말에 조금 위로가 됐다.

어쨌건 그런 플로나도, 아직도 수아와 만날 때 조금 어려워하는 아이린도 그 반지를 보고는 수소문을 해주어 보석세공사까지 직접 만나게 되었다. 그러나 그 결론은 불가능하다는 것이었다. 아무리 봐도 링 자체가 이즈벳인데, 커다란 이즈벳을 어떻게든 링 모양으로 깎을 수는 있겠지만 그렇게 가공된 링 위에 보석을 얹어 세공한다는 것 자체가, 그리고 링 모양으로 깎은 이즈벳을 이렇게까지 반짝이게 가공하는 것 자체가 상상도 할 수 없는 부분인 모양이었다.

세공사의, 사람에게는 불가능한 가공이라는 말에 퍼뜩 떠오르는 존재가 있었다. 실바코프. 그 뒤 실바코프는 하르페니언에게 멱살을 잡히는 등 한바탕 소동이 있었지만 그 뒤로도 뻔질나게 불쑥불쑥 나타났다 사라지곤 했다.

그래서 수아는 그 실바코프를 붙잡아 반지에 대한 의논을 할수 있었고, 그 과정에서 하르페니언이 실바코프의 도움을 받아 드워프제 반지를 제작하여 받았다는 걸 알았다. 결국 수아도 실바코프를 통해 반지를 부탁했다.

처음에는 그녀가 여관 생활로 모은 돈 모두와 모자란 금액은 예비 황태자비를 위한 예산에서 빼 지불하려고 했지만 드워프들은 실바코프를 통해 그것을 거절했다. 황태자 부부가, 나아가 황제와 황후가 사용해준다는 것만으로 충분하다고. 하지만 공짜로 받을 수는 없었기에 몇 번이고 실바코프를 채근한 결과 그럼 추후 자신들이 돌아갔을 때 부탁을 한 가지 들어달라는 말을 전해 들었다. 곤란한 부탁이면 거절해도 되니, 자신들이 말하는 것 중 한 가지만 들어달라는 소리였다.

정말 그걸로 되나 싶었지만 이렇게까지 말하는데 계속 밀어붙일 수도 없었다. 부탁이라는 게 들어오면 하르페니언과 상의를 해도 되느냐는 것까지 확인하고는, 수아는 결국 그 조건을 받아들였다.

수아가 허락하자 반지 제작은 곧바로 진행됐다. 똑같이 이즈벳을 통으로 깎아 가공하고 그 위에 검은색과 금색 빛이 도는 보석으로 장식했다. 남자 반지이다 보니 디자인 자체는 수아의 것보다 약간 더 투박하면서 단조롭고 보석의 색도 하나 다르긴 했지만, 포인트 색과 링 자체가 같다 보니 한눈에 봐도 커플링이라는 걸 알 수 있을 정도였다.

반지는 아슬아슬하게 완성됐다. 약혼식 전에는 꼭 끼워주고 싶었는데 다행이었다. 첫 번째 약혼식은 생략되었으니 관례상 두 번째 약혼식이 실질적인 첫 번째였는데, 그 이틀 전 수아는 하르페니언의 약지 손가락에 반지를 끼워줄 수 있었다. 그가 잘 때 몰래 실로 손가락 사이즈를 쟀었는데, 가급적 깜짝 선물로 주고 싶었기에 가뜩이나 예민한 그가 깰까 봐 두근두근했다. 다행히 그 보람이 있었는지 반지는 그의 손가락에 딱 맞았다.

하르페니언은 잠시 무슨 일이 일어났는지 모르는 것 같았다. 왜 자신의 손가락에 반지가 끼워져 있고 그걸 왜 수아가 끼워주는지. 곧 그녀가 반지에 얽힌 뜻을 설명해주자 그의 얼굴이 무어라고 할 수 없을 정도로 감격한 모습으로 변했고, 결혼 이후에는 반지의 안쪽에 서로의 이름을 새기자는 말에는 눈시울까지 붉혔다.

하르페니언은 그 뒤로도 몇 번이나 반지만 보고 있으면 기쁘다느니 두근거린다느니 하는 말을 해주곤 했는데, 그 말이 좋으면서도 겨우 반지 하나로 이런 말이 나온다는 게 조금 미안해 더 잘해줄 것을 다짐하는 결과가 나오기도 했다.

어쨌거나 둘이 그렇게 커플링을 끼자 반지가 한 쌍이라는 걸 알아보는 이들이 차차 늘어났고, 귀족들 사이에는 연인끼리 반지를 나누는 것이 유행으로 번지기 시작하고 있었다.

"이야, 보기 좋습니다?"

그리고 이런 때도 전혀 가리지 않고, 실바코프가 나타났다. 손을 맞잡은 채 서로의 반지를 살피던 하르페니언과 수아가 동시에 미심쩍은 표정으로 그를 보았다.

"또 무슨 일이냐."

"그냥 구경하러 왔습니다만?"

그러고는 흰색 정복과 흰색 드레스를 입고 있는 둘의 모습을 즐거운 듯이 살폈다.

"전하는 검은색도 검은색인데, 흰색도 참 잘 어울리십니다? 아가씨야 말할 것도 없고."

"옷 감상이나 하려고 온 거예요?"

"응."

그는 당당하게 대답했다.

"그거 옷 갈아입고 화장하는 거 최소 세 시간은 걸리지 않았어? 그런 모습은 꼭 봐야지."

"두 배요. 여섯 시간 걸렸어요."

"예쁘네. 잘 어울리고."

꾸민 모습에 칭찬을 해주는 것을 싫어하는 사람은 없는 법이다. 더구나 그게 한참이나 공을 들인 모습이라면 더더욱. 더구나 앞에서 이렇게 말이라도 걸어주니 그나마 긴장이 조금 풀리는 것 같았다.

"아가씨와 전하 모습도 그렇고, 곧 엘프들도 모습을 드러낼 거잖아? 그것도 보러 왔지."

"아."

이번 세 번째 약혼식에서, 처음으로 엘프가 공식적으로 모습을 드러내기로 했다. 성녀와 영웅의 약혼식에서 정령과 마법으로 화려하게 하늘을 수놓으며 나타난다면 엘프들이 그 둘을 지지한다는 증거가 될 것이며, 사람들에게도 좋은 인식을 심어줄 수 있을 터였다.

수아는 얼마 전 만나본 엘프들을 떠올렸다. 황제와 몇몇 고위 귀족만이 있는 알현실에 엘프들이 들어왔던 그 순간을 한동안 잊지 못할 것이다. 아름답고 고아하다는 표현이 그대로 현실이 되어 나타난 것만 같았다. 그냥 미남미녀라고 표현할 것이 아닌, 인간과는 다른 그런 분위기가 있었다.

"실제 엘프를 보니까, 실바코프 씨가 얼마나 말도 안 되는 거짓말을 한 건지 실감이 나더라고요."

"이보셔."

"아무리 그래도 그렇지, 어떻게 본인을 엘프로 속여요?"

"확실히 그렇지."

하르페니언까지 고개를 끄덕이자, 실바코프는 과하게 상처 받은 표정을 지었다. 물론 수아도 하르페니언도 그 반응에는 전혀 관심을 주지 않았다.

"그러고 보니 실바코프 씨는 언제까지 있을 거예요?"

"음?"

"맡은 일 다 끝난 거 아니에요? 그럼 여기에 더 있을 필요가 있나 싶어서요."

"내가 없었으면 좋겠어?"

그 말에 수아는 고개를 갸웃했다.

"말이 왜 그렇게 돼요? 저야 실바코프 씨가 있는 게 좋죠."

"엉?"

"이거저거 편하게 이야기할 수도 있고, 시우 이야기도 가끔 할 수 있을 거고, 그리고 체스는 저도 한 번 이겨봐야 하지 않겠어요?"

그 소리에 실바코프는 웃으며 고개를 끄덕였다.

"푸핫, 확실히 납득될 만한 이유네. 뭐, 어차피 나도 아가씨가 수명을 다할 때까진 어디 못 가."

"네?"

"전하 때문에."

수아의 눈이 옆에 있는 하르페니언에게 향했다. 그러나 하르페니언도 그게 무슨 소리인지 잘 모르는 모양이었다.

"말했잖습니까. 아가씨가 본래의 세계로 돌아가기 전까지는 아가씨의 안전을 보장해드리겠다고."

수아로서는 처음 듣는 이야기였다.

"그랬지."

"네, 그 이야깁니다. 그런데 선택을 첫 번째로 하셨으니, 아가씨 수명이 끝날 때까진 여기 있어야 한다는 소리입니다. 전하도 아시는 일 아닙니까? 그래서 신전에서 돌아오신 후 아가씨 안전에 크게 신경을 쓰진 않으셨던 것 같은데."

거기서 수아가 아, 하고 작게 소리를 냈다. 확실히 시작과 끝의 신전에서 돌아온 이후, 하르페니언이 수아의 안전에 대해 걱정한 적이 없는 것 같았다. 호위도 궁과 궁 사이를 갈 때만 대동하면 된다고 했고. 수아는 그걸 그냥 성녀를 해하려는 사람이 없기 때문일 거라고 가볍게 생각했지만 사실 이런 사정이 있었던 모양이었다.

"그랬군요. 몰랐어요."

"응. 뭐, 의도하신 바는 아니겠지만 결론적으로 아가씨는 드래곤이 하는 수호의 맹약을 받았다는 거지. 최소한 인간의 몸으로는 신마전쟁 이후 처음일 거야."

그렇게 들으니 뭔가 참 대단한 것 같았다. 아니, 실제로 대단한 것이 맞던가?

"근데 그건 저보다 하르페니언에게 더 필요한 거 아닌가요?"

"아~. 뭐 따지면 그렇긴 한데, 그건 기각. 아니, 그렇다기보단 못해. 드래곤 하나가 한 명의 인간에게 가능한 거니까."

"실바코프 씨, 동료 없어요? 다른 드래곤요."

"어이, 아가씨. 아무리 그래도 드래곤이 그렇게 할 일이 없어 보여?"

"실바코프 씨를 보면 좀 그런 것 같기도 한데……."

그런 대화를 나누고 있는데, 하르페니언의 반응이 좀 이상했다. 그는 살짝 창백해진 얼굴로 수아를 보고 있었다.

"알?"

"큼, 수아. 그…… 내가, 그대에게 저 드래곤이 그대를 보호해주기로 했다던 이야기를 하지 않았던가?"

"네…… 그렇죠? 신전에 갈 때까지 보호해주겠다는 이야기는 실바코프 씨에게 직접 들었지만."

말하는 걸 잊은 게 무리도 아니었다. 돌아와서 얼마나 정신이 없었던가. 그냥 그렇게 생각하는데, 그 대답에 하르페니언의 안색이 확 바뀌었다.

"아니, 수아. 이건 내가 그대에게 정말 숨기려고 했던 게 아니라……."

그는 필사적으로 변명하려고 하며 쩔쩔매기 시작했다. 아까까지만 해도 긴장한 수아를 달랠 정도로 여유 있던 모습은 찾아볼 수가 없었다.

풋, 수아는 결국 작게 웃음을 터트렸다.

"뭐예요. 별로 숨겼을 거라고 생각되는 사항도 아닌데요. 그냥 깜빡한 거죠?"

그 말에 하르페니언의 안색이 다시 사람의 것으로 되돌아왔다. 그 명백하게 안도한 모습에, 실바코프가 작게 코웃음을 쳤다.

"와, 나 참. 정말 이거 전하가 꽉 잡히셨네?"

그는 고개를 절레절레 흔든다.

"앞으로도 계속 이럴 텐데, 정말 후회 없습니까, 전하?"

"음? 뭘 말이지?"

"그니까 아가씨와 결혼하는 것에 대해서요. 약혼식의 세 번째 식까지 가면 더 이상 무를 수도 없지 않습니까."

"그건 수아에게 물어봐야 할 질문일 텐데."

"네?"

수아는 눈을 몇 번 깜빡였다가 다시 웃었다.

"아뇨, 애초에 아무에게도 물어볼 필요가 없는 질문이에요."

"그런가?"

"그래요."

하르페니언과 수아는 서로 맞잡고 있던 손에 더욱 힘을 주었다. 실바코프가 다시 한 번 코웃음을 쳤지만, 그런 그들에게 딱히 무어라고 하진 않았다.

그때 노크 소리가 들렸다.

"접니다."

들어오라는 하르페니언의 허락에, 역시 온통 흰색의 정장을 입고 있는 카르니언이 들어섰다. 화려하게 꾸민 흰색 정장에 금색 머리가 눈부시도록 빛이 났다.

"곧 발코니로 나가셔야……."

그리고 실바코프의 모습을 보고는 반사적으로 인상을 찌푸렸다. 카르니언은 하르페니언의 저주가 풀리고 돌아온 후에야 그가 드래곤이라는 사실을 안 모양이지만, 여전히 그가 못마땅한 것은 매한가지인 듯했다.

그야 그렇겠지. 하르페니언과 수아도 그 마음만은 진심으로 이해했다.

"이런, 이런. 그렇게 노려보지 않으셔도 전 곧 나갈 겁니다, 황자 전하."

카르니언은 싱글생글 웃으며 말하는 그 얼굴을 한 번 쳐다보고는 그냥 아예 이 자리에 없는 사람인 것처럼 무시했다. 그는 다시 하르페니언과 수아에게 시선을 돌렸다.

"어쨌거나 다시 한 번 축하드립니다. 황태자 전하, 예비 황태자비마마."

"윽."

그리고 수아는 저도 모르게 이상한 소리를 냈다.

"진짜 그 호칭……."

"금방 익숙해질 거야."

카르니언이 평소의 말투로 돌아와 말했다.

"음, 그러겠지. 아무튼 고마워, 카일."

"뭘. 앞으로도 잘 부탁해, 형수님."

그리고 이 호칭은 더더욱 직격타였다. 수아가 잠시 말문이 막힌 사이, 하르페니언이 웃으며 화답했다.

"고맙다, 카르니언."

"제가 드리고 싶은 말씀인걸요."

카르니언은 씩 웃으며 그렇게 말하고는, 몸을 돌렸다.

"그럼 나가실까요, 두 분 다."

열려 있는 문이 보였다. 하르페니언은 수아의 손을 놓고 다시 한 번 그녀에게 손을 내밀었고, 수아는 기꺼이 그 커다란 손에 자신의 작은 손을 얹었다.

아무도 모르는 작은 마을에서 시작된 인연이 여기까지 왔다.

둘은 문 쪽으로 발걸음을 옮겼다.

원력 226년, 푸른 여름 셋째 달, 30일.

황태자와 성녀의 세 번째 약혼식날이었다.

신탁 이후 처음으로 공개석상에 모습을 드러낸 두 사람에게 제국민들은 떠나갈 듯한 환호를 보냈다. 과거 18년간이나 신의 저주를 받았다며 공포와 혐오로 황태자를 바라보았던 그 시선은 어디에도 없었다.

예비 황태자비가 된 성녀는 꽤 이국적인 외모였으나 성녀라 부르기에 부족함이 없을 정도로 신비로워 보였다. 황태자를 위해 땅에 내려온 신의 사자이자, 앞으로 이 나라의 황후가 될 그녀는 새하얀 드레스를 입고 남편이 될 황태자의 에스코트를 받고 있었다.

식이 시작되고, 사람들은 숨을 죽였다. 그렇게 순서에 따라 황태자가 성녀에게 입을 맞추자 환성은 한순간에 터져 나왔다. 동시에 화려한 빛의 마법이 하늘을 수놓았고 맑은 푸른 하늘에 온갖 색이 물들었다. 그 뒤로 반투명한 인간의 형상을 한 정령들이 공중에 뜬 채 춤을 추기 시작했고 일부는 제국민들 사이를 통과하며 화려하게 움직였다.

사람들이 이 알 수 없는 현상에 당황하기도 전에 성의 발코니 옆으로 엘프들이 모습을 드러냈다. 인간에게서 볼 수 없는 커다란 귀를 가진 엘프는 역시 인간이 가질 수 없는 분위기를 지니고 있었다.

잊혀진 종족인 엘프와 드워프가 돌아온다는 발표 아래, 제국민들은 더 이상 자신이 무엇에 대해 열광하고 있는지 모르는 채 목이 터질 때까지 소리를 질렀다. 그 어떤 전설이나 옛이야기도 이보다 극적일 수는 없었다.

영웅의 탄생과 성녀의 결합. 신과의 소통. 잊혀진 종족의 등장.

신이 다시 인간들에게 돌아왔고, 성녀는 황실의 사람이 되었다. 앞으로 제국의 핏줄에는 영원히 신의 가호가 함께하게 되리라. 사람들은 눈앞에서 신화의 재현을 보았다.

세 번째 약혼식이 끝났다.

수도가 떠나갈 듯한 환호가 다시 한 번 울렸다.

그 한가운데에는 황태자와 성녀가 있었다.

새 시대가 열린다.

이렇게 하나의 이야기가 끝났다.

그리고 다시 새로운 이야기의 시작이었다.

『메마른 빛, 이슬 한 방울』 마침.

처음과 같이 영원히

아칸도르 제국에서는 황제가 절대적인 권력을 지니고 있었다. 설사 황후라 하더라도 황제의 허락이 없으면 내궁을 다스리는 권한조차 얻지 못한다. 외척을 경계하는 의미도 있었지만 무엇보다도 황후가 권력을 얻어 황제가 정하지 않은 다른 후계자를 지지하지 못하게 하기 위함이었다.

이러한 제도는 황후 자리가 빈다 하더라도 꼭 다음 황후를 맞이하지 않아도 되는 명분을 만들어줬다. 실제로 이제까지 황후가 없는 궁에서는 귀비가 아닌 궁내부 대신이 황궁의 살림을 맡아왔다. 애초에 귀비 자체가 그런 건 귀찮다고 원하지 않기도 했고, 황제도 딱히 그녀에게 권한을 주려고 하지 않았다.

그리고 새 황태자비가 된 수아도 그 제도를 기꺼워했다.

"아무래도 전 내궁 살림은 완전히 못 맡을 것 같아요."

수아는 자신의 손가락에 끼워져 있는 이즈벳 반지를 보며 한숨을 내쉬었다.

예비 황태자비라는 칭호가 정식 황태자비로 바뀐 것도 벌써 2년이다. 결혼식은 그 어느 때보다 화려했다고 하지만, 솔직히 수아는 7일 내내 옷을 갈아입고 선언문을 외우고 식 절차를 외우느라 정신이 하나도 없었다. 어차피 세 번째 약혼식 이후 공식적인 행사나 연회에도 참여하는 등 실질적인 황태자비 역할을 하고 있었기에 결혼식 이후에도 크게 바뀐 것이 없는 느낌이었고.

다른 것은 예비라는 단어가 사라진 것과 황제가 허락할 경우 정식으로 퍼스트레이디가 된 그녀에게 여러 권한을 줄 수 있다는 것. 하지만 그건 수아가 원하지 않았기에 결론적으로는 결혼 전이나 후나 비슷한 나날들이 흘러가고 있었다.

"앞으로도 계속 내궁을 관리하지 않으셔도 된다고 하셨잖아요."

그 말을 듣고 있던 리노체스 부인이 답했다.

"네, 그렇긴 한데……."

모두 다는 아니라도 어느 정도는 파악하고 있어야 하르페니언에게 편할 거 같다는 생각이 들었다. 세부적인 것까진 몰라도 전반적인 흐름만이라도.

그래서 개인 교사를 붙여 공부를 시작했다.

그 자체는 꽤 마음에 들었다. 공부라고 해서 이 세계에 처음 와서 말을 배울 때처럼 1분 1초를 아껴 지쳐 쓰러질 때까지 하는 것이 아니라, 주 3일 정도만 교사가 와서 알려주면 그 외 시간에 그녀가 다시 익히는 식이라 여유도 있었고 뭔가 평소에 할 일이 있다는 것이 좋았다.

하지만 그것과는 별개로, 그 내용이 너무 어려웠다.

"막상 공부하다 보니까 욕심도 좀 나고 그래서요……. 음, 하지만 무린 거 같아요."

그 말에 리노체스 부인이 곱게 웃었다.

"비마마는 전에도 비슷한 말씀을 하셨어요."

"네?"

"두 번째 약혼식 전에요. 춤 같은 건 절대 못 출 거라고 그러시지 않았어요? 특히 사람들 앞에서는."

"아."

분명히 그랬던 기억이 난다. 그냥 걸어도 넘어질 것을 고민해야 하는 구두와 불편한 드레스를 입고 춤을 추는 게 어떻게 가능하겠느냐고.

울상을 짓는 그녀에게 리노체스 부인은 한번 시도라도 해보자고 격려를 해주었고, 결국 실수 없이 두 번째 약혼식에서 첫 춤을 보여줄 수 있었다. 솔직히 반 이상은 하르페니언이 리드를 잘해준 덕이 컸지만.

어쨌거나 그 이후로 수아는 자신감을 얻었고, 그때로부터 약 3년이 지난 지금에는 하르페니언이 아닌 다른 이들과도 별문제 없이 춤을 출 수 있게 되었다.

"그러니 맘 편하게 공부하세요, 비마마. 정 어려우시다면 그냥 포기하시면 되는 일이고요. 하지만 조금씩이라도 배우시면 몇 년 후에는 지금과 비교할 수 없을 정도로 지식을 쌓을 수 있지 않으시겠어요?"

수아는 리노체스 부인을 잠깐 보다가 이내 고개를 끄덕였다.

"네, 그러네요."

리노체스 부인은 그녀가 황가의 일원이 된 후로도 태도가 거의 변하지 않은 얼마 되지 않는 사람이었다. 처음부터 하르페니언의 여인으로 생각하고 있었으니 어쩌면 당연할지도 몰랐다. 그녀는 황태자궁으로 주기적으로 찾아와 수아의 말상대를 해주었는데, 수아는 딱히 리노체스 부인에게 숨길 것이 없는 점이 좋았다.

황태자비가 된 후에도 친해진 귀부인들이 있긴 했지만, 아무래도 리노체스 부인처럼 편한 사람은 또 없었다. 특히나 리노체스 부인은 처음 수아가 말을 몰랐던 때부터 돌봐준 사람이니만큼, 성녀나 황태자비라기보다는 수아 그 자체로 봐주었다. 실제로 이런저런 의논도 할 수 있었고 수아에게 가감 없는 조언을 할 수 있는 거의 유일한 귀부인이기도 했다.

"리노체스 부인은 잘 지내세요?"

"물론이죠."

리노체스 부인은 그렇게 대답하고는, 살짝 웃었다.

"요즘은 좀 정신이 없긴 하지만요. 저도 사교계를 별로 좋아해본 적은 없지만, 그래도 참 웃겨요. 전에는 저와 말 한마디 섞는 것도 싫은 것 같더니, 황태자 전하가 돌아오신 이후로는 안달이 났었죠. 그런데 지금은 더 심하네요."

"아, 후작 위 때문에 그런가요?"

"네. 그것도 공표되니 속이 타나 봐요."

하르페니언이 돌아온 후, 당연히 그 심복으로는 리노체스 백작인 루펜이 있었다. 아무래도 황태자에게는 믿을 만한 사람이 적다. 기껏해야 루펜과 그 루펜이 믿을 만한 심복 정도였으니 일이 얼마나 휘몰아쳤는지는 불을 보듯 뻔했다. 그리고 일거리가 밀리는 만큼, 권한도 그에게로 갔다.

이제까지 루펜을 은근히, 혹은 대놓고 외면하던 사람들은 바로 태세를 바꿔 그의 바짓가랑이라도 잡아 늘어지려고 했다. 그건 리노체스 부인에게도 예외는 아니었다. 요즘은 어느 정도 잠잠해졌다 싶더니 리노체스 백작가가 후작가로 승격될 거라는 공표가 난 순간 다시 난리였다.

후작가로 승격되는 건 당연히 이름만 바뀌는 것이 아니라, 새로운 영지부터 이것저것 어마어마한 포상이 딸려가는 건 물론 그 이상의 권한도 지니게 된다.

"청혼도 다시 물밀듯이 오기 시작했어요. 참, 약혼까지 제대로 한 애에게 무슨 일인지……."

리노체스 부인은 작게 혀를 찼다. 수아도 작게 한숨을 내뱉었다. 솔직히 이런 경우는 뻔했다.

"파혼하라는 거겠죠."

작년, 루펜은 약혼을 했다. 상대는 준남작의 여식으로 영지도 재산도 없는 거의 이름뿐인 귀족이었다. 그래서 돈을 벌기 위해 이것저것 일을 하다가 리노체스가에서도 일을 하게 되었고, 그 과정에서 루펜의 비서로 발탁이 됐다. 저택의 하녀로 들어왔다가 비서가 된다는 것 자체가 말이 안 되는 일이었지만 당시의 루펜도 믿을 만한 수하를 기르고자 고민하던 때였기에 어떻게 합이 맞아떨어진 모양이었다. 그것이 벌써 10년 전. 당시에는 연애 감정이 전혀 없었다고는 하지만, 지금은 결국 약혼까지 이르게 되었다.

"그런 것 같더군요. 저에게도 좀 괜찮은 집의 영애를 며느리로 맞이해야 하지 않겠느냐는 소리들을 하는데…… 그건 결국 파혼하라는 이야기 아니겠어요? 하지만 전 필리아 양이 아주 마음에 드는데."

"네, 정말요."

수아도 리노체스 저택에 살 때 몇 번 마주친 적이 있었다. 제대로 된 대화를 해본 건 수아가 황궁으로 들어온 후의 일이었지만, 그때도 인상이 아주 좋았다.

물론 저 리노체스 백작이 필리아에게 다정하게 대해주는 걸 본 순간 뭔가 잘못된 게 아닌가 싶긴 했다. 하지만 그 소리를 리노체스 부인에게 했다가, 그게 바로 황태자 전하와 비마마를 보던 다른 사람들의 심정일 거라는 반격까지 받았었다.

"어차피 저나 아들은 영달을 위해 황태자 전하를 모신 것도 아니고……. 그냥 아들이 좋다는 여자면 충분하고, 여기에 그 여자가 제 마음에 들면 더 바랄 것도 없는 것 아닌가요? 아마 파혼 이야기를 꺼내는 쪽은 이걸 평생 이해하지 못하겠죠."

그 뒤로도 약간의 잡담이 더 이어졌고, 해가 지기 전 리노체스 부인이 자리에서 일어서면서 그날의 자리는 끝이 났다.

$\infty \mathbb{Q} \ \mathbb{Q} \infty$

수아의 황태자비로서의 일상은 별로 바쁘지 않았다. 공식 행사에 황태자비로 참여하고, 가끔 신전의 행사에 성녀로서 참여하는 것이 가장 큰 일이었고 그 외에는 가끔 귀족가에서 열리는 연회나 무도회에 참여하는 정도였다. 무도회나 연회도 직접 주최하긴 했지만 전자는 한 달에 두어 번 정도에, 후자는 이제까지 한 손에도 다 꼽을 수 있는 수준이었다.

군이 사교계 생활에 집중해 입지를 다질 필요가 없기도 했고, 그런 화려한 장소에 나가는 걸 별로 좋아하지 않기 때문이다. 대신 소규모 살롱이나 티파티 등에는 다른 행사에 비해 자주 참석했다.

귀비와도 제법 친해졌다. 귀비는 그녀가 누리는 사교계의 여왕 자리를 수아가 빼앗아가지 않고, 하르페니언도 카르니언을 쫓아내지 않고 요직에 두고 대해주는 걸 보자 과거의 복잡한 감정은 모두 털어버린 듯했다. 그래서인지 귀비는 수아에게 이것저것 호의를 보여주었다. 특히 이것저것 사교계가 돌아가는 이야기를 해줘 덕분에 수아도 대충 큰 흐름을 파악할 수 있었다.

카르니언은 황궁에 머물고 있어 굉장히 자주 보는 사람 중 하나였는데, 지금 그는 바쁜 형님을 위해 황자로서 이것저것 일하고 있었다. 뭔가 주요 직책도 맡았다는데 수아는 거기까지는 잘 알지 못했다. 확실한 건 카르니언은 요리사가 되는 걸 포기하고 계속 궁에 남아 일을 하기로 했다는 점이었다. 원래부터 카르니언은 황자로서 위치를 누리는 것도 익숙하고, 군이 그 권리를 포기하고 싶지도 않아했다. 거기에 여러모로 꽤 유능해 하르페니언에게 상당히 도움이 되는 모양인데, 형님에게 도움이 되고 그 옆에서 일하는 것 또한 꿈이었던 그가 그 자리를 순순히 포기할 리가 없었다.

대신 언제부턴가 그는 자신이 요리를 하는 것을 숨기지 않았다. 아마 황제에게 그가 요리하는 것을 밝힌 후였던 걸로 기억한다. 황제는 카르니언이 두려워했던 것처럼 그걸 흠으로 받아들이지 않았다. 그는 그걸 아들의 개성으로 인정해줬고, 덕분에 황제와 하르페니언, 수아뿐만이 아니라 몇몇 귀족들도 황자의 요리를 대접받을 수 있는 기회가 늘어났다. 요즘은 아예 요리하는 것을 좋아하는 특이한 둘째 황자님 정도로 인식될 정도이다 보니 두 마리 토끼를 다 잡을 수 있다면서 기뻐했다. 수아로서도 친구가 계속 함께 궁에서 살 수 있다는 것이 기뻤다.

플로나와 아이린과도 여전히 교류가 있었다. 혹시나 하여 수아는 둘에게 황태자궁에 시녀로서 와주면 어떠냐고 제의도 해보았다. 황궁 시녀 자체가 대부분 귀족들이라 평민들은 그 자리에 오기 쉽지 않고, 더불어 황태자비가 직접 부른 것이라면 그 이후의 미래도 보장되어 있기 때문에 많이들 선망하는 자리였다.

하지만 둘은 모두 수아의 제안을 거절했다. 수아도 대충 예상은 했기 때문에 섭섭하지는 않았다. 플로나는 지금도 계속 여관으로 일하고 있었고 아이린은 여관 생활을 그만두고 본격적인 상인의 삶에 뛰어들었다. 플로나는 이번 부여관장에 임명된다는 소식을 받았고, 아이린은 수아에게 어울릴 것 같은 액세서리나 흥미 있어 하는 책 등을 가지고 가끔씩 찾아왔다. 둘 다 여관장과 제대로 된 상인이 되고 싶다는 길을 똑바로 걷고 있었다. 플로나는 특혜를 원하지 않았기에 수아와의 접촉을 최소화했고 아이린도 상인으로서 이것저것 바빠 결과적으로 둘과는 몇 번 만나지 못했지만, 그래도 가끔 편지를 주고받고 소식을 듣는 것만 해도 충분했다.

회궁은 언젠가 수아가 말한 것처럼 그 자리에 그대로 있었다. 여전히 회궁 총괄을 맡고 있는 비에린느 부인은 모습이 많이 바뀌었다. 옛날처럼 과한 화장을 하거나 원색 중심의 옷을 입지 않았다. 완전히 변해버린 그 모습에 처음에는 잘 알아보지 못했을 정도였다. 지금은 보통의, 하지만 스스로를 잘 꾸민 노부인처럼 보였다. 베슨도 루시도 슬슬 황태자비인 수아에게 익숙해졌고, 다른 고용인들 또한 그 셋과 그럭저럭 지내고 있는 것 같았다. 렉스는 여전히 사방팔방 돌아다니고 있었다.

　수아는 하르페니언과 함께 종종 회궁에서 묵었는데, 그럴 때는 다른 시녀나 시중을 들 고용인들을 더 데리고 가는 걸로 다른 궁보다는 다소 적은 회궁 인원을 커버했다. 회궁에만 가면 마치 시간이 멈추고 옛날로 다시 되돌아간 것만 같은 느낌을 받곤 했다.

　그리고 하르페니언.

　사실 수아와의 약혼기간부터 황태자에게 여자를 들이미는 귀족들은 셀 수가 없었다. 리노체스 백작에게처럼 차마 성녀와 파혼하라고는 할 수 없지만, 정비가 아닌 측실이나 정부를 들이는 거라면 전혀 문제가 없을 거라고 생각한 모양이었다. 물론 하르페니언에게는 매우 문제가 있었고, 그는 거절을 넘어 두 번 다시 그런 이야기를 꺼내면 모욕으로 간주하겠다고 내치기까지 했다. 당연히 황태자가 성녀를 더할 나위 없이 아낀다는 소문은 순식간에 퍼졌다. 황태자의 손가락에 있는 황태자비와의 반지가 단

한시도 떠난 적이 없다는 사실이 그 소문을 더 부풀렸다.

하지만 수아는 그 소문이 사실과는 좀 다르다고 생각했다. 그녀가 황궁으로 들어온 후 3년이고, 결혼한 지는 2년이 지났는데도 둘의 사이는 여전했다. 아니, 그전보다 더욱더 깊어졌다. 그걸 그냥 아낀다는 말 한마디로 표현하기에는 너무 부족하다. 아무리 바쁜 와중에도 하루 한 번은 꼭 수아의 얼굴을 보러 궁에 들렀고, 혹시라도 자리를 비워야 할 시에는 가는 곳이나 예정, 돌아올 날까지 모두 일러주고 갔으며 하루라도 그 예정이 엇나가면 꼭 마법사들을 통해 메시지를 보냈다.

또한 두 달에 한 번은 꼭 하루 이상의 시간을 비워 마법의 힘으로 얼굴을 감추고 황궁 밖으로 나갔는데, 그렇게 원하던 축제나 야시장 등도 구경할 수 있었다. 밤에 보트를 타기도 하고, 실바코프를 졸라 수도에서 다소 먼 도시나 영지에도 가는 등 황태자비가 되면서 이런 식으로는 힘들 거라고 생각했던 여행까지도 충분히 즐길 수 있었다. 두 달 후가 되는 초가을쯤에는 아예 일주일 정도 시간을 내 여행을 할 계획을 세우고 있을 정도였다. 하루나 이틀이 아닌 일주일 정도로 길게 시간을 빼는 건 드물다 보니 수아는 그때를 손꼽아 기다리고 있었다.

참고로 하르페니언이 돌아온 후 아무리 과거의 일이라지만 그를 실험체로 쓴 전적이 있던 마법사 협회는 완전히 뒤집어졌고, 공식적으로 실험이 금지되면서 협회는 거의 해체 상태까지 갔다.

그래도 황궁에 마법사가 없을 수는 없기에 그것을 가지고 끝까지 버티던 이들이 있었는데, 황태자와 황태자비의 세 번째 약혼식을 기점으로 엘프들이 돌아오며 완전히 밀려났다. 실바코프의 보증을 통해 엘프 몇몇이 황궁 마법사로서 들어오게 된 것이다.

드워프들도 돌아왔다. 황태자와 황태자비의 반지가 드워프제라는 것이 알려지는 순간 수요는 미친 듯이 늘어났고, 처음에는 얼굴을 보이지 않은 채 의뢰만 받던 드워프들이 하나둘 모습을 드러내기 시작하면서 지금은 수도에도 공방을 가지는 등 완전히 융합된 상황이었다.

어쨌건 그렇게 세월은 흘러갔고, 모든 것은 순조로웠다.

하나만 제외한다면.

ഐ 9ഐ

"황태자비마마! 와주셔서 영광입니다."

"무슨 말씀을요, 이즈덴 백작부인."

그 자리에 와 있던 사람들이 마지막으로 들어오는 수아에게 고개를 숙였다. 그녀는 빙긋 웃으며 가볍게 눈으로 인사를 하고는 이즈덴 백작부인이 권해주는 의자에 앉았다.

오늘 티파티는 꽤 가벼운 자리로 사석에 가까웠다. 바람이 솔솔 불어오는 정원에 마련되어 있는 자리는 커다란 차양으로 나무와 나무 사이를 묶어 햇빛이 직접 들어오는 것을 막고 있었다. 여기에 있는 인원은 수아까지 총 다섯 명으로, 개인적으로 친분이 있는 사람들끼리 모여 가볍게 차를 마시는 자리다.

주최는 이즈덴 백작부인으로, 그 남편인 이즈덴 백작은 몇 년 전 하르페니언이 수아를 찾기 위해 몬스터를 퇴치하며 돌아다녔을 때 파견된 기사 중 한 명이었다. 본인의 의지로 하르페니언의 휘하에 들어왔던 그는 수아가 수도로 올라오는 동안 호위를 맡은 적도 있다. 당시에는 남작의 삼남에 불과했던 그였지만 지금은 정식으로 백작의 지위를 얻었다. 굉장히 빠른 출세였다. 지금도 이즈덴 백작은 황실 기사로 꽤 이것저것 활약을 보이고 있었고, 수아는 남편을 만나러 온 이즈덴 백작부인과 우연히 마주친 후부터 꽤 마음이 맞아 이런 식으로 자주 만나고 있었다.

의례적인 인사가 오가고 요즘 궁이 돌아가는 이야기들이 오갔다. 그러다 화제가 자연스레 황태자 쪽으로 옮겨갔다.

"요즘 황태자 전하는 많이 바쁘시다면서요?"

"그래도 꼭 하루에 한 번은 황태자궁에 들르신다 들었어요."

"맞아요. 결혼하신 지 2년이나 되셨는데 아직도 어찌나 금슬이 좋으신지."

그리고 그 화제는 곧바로 수아에게 옮겨왔다.

그녀는 빙긋 웃으며 답했다.

"겨우 2년인걸요."

수아가 그렇게 말하자 다들 잠깐 멈칫했다가 이내 고개를 끄덕였다.

"아아, 그렇지요! 겨우 2년인데 황태자비마마께 실례의 말씀을 드렸네요."

"그러게요! 앞으로도 황태자 전하는 변함이 없으실 텐데, 정말 많이 아껴주시나 봐요."

"혹시 비법이 있으신지요?"

"그런데도 아직……."

헙. 그 말을 꺼낸 부인이 급히 입을 다물었다. 하지만 때는 늦어, 주변의 분위기가 완전히 굳어버렸다.

"그러게요."

수아도 그냥 넘어갈 생각은 없었다. 그녀는 빙긋 웃었다.

"아직 후사가 없네요."

"제, 제가 실언을! 용서해주십시오, 비마마!"

그 말을 꺼낸 부인이 새파래져 고개를 숙였다. 하지만 수아는 여전히 웃는 얼굴을 지우지 않았다.

"아이는 신이 내려주시는 거니까요. 적당한 시기가 되었다 싶으면 내려주시겠지요. 그러니 굳이 이야기를 꺼내실 필요는 없어요."

수아는 차를 한 모금 마셨다. 방금 전까지만 해도 꽤 괜찮다고 생각한 차였으나, 지금은 아무런 맛도 느낄 수가 없었다. 그리고 그때까지도 굳은 분위기는 풀리지 않고 있었다. 수아는 속으로 작게 한숨을 내쉬었다.

"그럼 오늘 저는 먼저 일어날게요. 멋진 티파티였어요, 이즈덴 백작부인. 다음에 또 초대해주세요."

수아는 자리에서 일어났고, 그런 그녀를 차마 아무도 말리지 못했다. 그녀는 인사하는 부인들을 뒤로하고 먼저 정원을 나섰다.

⊱⋆⊰

기분이 내려앉았다.

어차피 그 티파티 자리에 있었어도 내내 불편한 분위기는 계속되었을 것이다. 아무렇지도 않은 척 거기 앉아서 이야기를 지속하느니 차라리 빨리 나오는 편이 나았다. 아마 이 뒤로는 실언을 한 부인을 좀 나무라다가, 곧 위로하다가, 다시 후사에 관한 이야기로 되돌아올 것이다.

"아, 정말……."

그 모습을 생각해보니 더욱 기분이 나빠졌다.

하르페니언과 수아의 사이에는 아직 후사 소식이 없었다.

거기까지는 괜찮았다. 솔직히 수아는 자신이 엄마가 된다는 생각을 하면 너무나도 생경해, 굳이 급히 아이를 가질 건 없지 않나 싶었다. 하지만 그에 따라 수군대는 소문들이 더 골치였다.

황태자와 황태자비는 금슬이 좋다. 실제로도 그랬다. 애초에 황태자와 황태자비의 침실이 따로 나뉘어 있지도 않았다. 그들은 언제나 한 이불을 덮었고, 하르페니언이 아침까지도 그녀를 놔주지 않는 일도 상당히 많았다.

그럼에도 아이가 생기지 않는 것은 어느 한쪽에 문제가 있는 것이 아니냐고. 수아는 그러한 소문이 은밀하게 돌아다닌다는 것을 알았다. 그리고 솔직히 「어느 한쪽」이라고 했지만 그건 하르페니언보다는 수아 쪽을 가리킨다는 것도.

처음에는 진짜 별 소문이 다 돈다며 큰 신경을 쓰지 않았는데, 그 기간이 길어지다 보니 아무래도 완전히 초연해지는 것은 무리였다. 차라리 완전한 헛소문이라면 모를까 혹시나 싶은 부분을 찔러오면 더 그렇다.

그녀는 이계인이다. 아무리 이곳 사람이 되었다곤 했어도, 그래도 그 때문에 아이를 가지는 게 불가능한 게 아닐까?

혹시나 하고 생각했던 그 불안은 마음속을 데굴데굴 굴러갔다. 물론 실바코프에게 물으면 간단하게 답이 나올 걸 안다. 하지만 수아는 굳이 묻지 않았다. 만약 정말 그렇다는 대답이 나온다면? 그럼 하르페니언에게 후사가 필요할 테니 다른 여자라도 안으로라고 할 건가. 그건 절대 싫었다. 반대로 그렇지 않다는 대답이 나온다고 하더라도 그럼 그 소리는 결국 다른 문제가 있다는 소리였다. 그리고 그 다른 문제는 아마도 하르페니언의 것이라고 생각될 확률이 높았다. 그것 역시 싫었다. 차라리 저쪽 세계에서처럼 병원이라도 다니며 해결할 수 있는 문제라면 몰라도 방법이 없는데 원인을 따져서 뭐하겠는가.

이 문제에 대해서는 하르페니언과도 이야기한 적이 있다. 수아가 뭔가 고민이 있다는 걸 그가 눈치채지 못할 리가 없었고, 서로에게 아무것도 숨기지 않기로 한 약속에 따라 수아는 그걸 솔직히 털어놓았다. 사실 하르페니언의 입장에선 반드시 후사가 필요할 것이다. 하지만 그는 조금의 망설임도 없이 아이가 생기지 않아도 상관없다고 말했다. 카르니언이 있지 않느냐고.

저번, 하르페니언이 황태자 위를 포기하려고 했던 때와는 완전히 다르다. 지금도 카르니언은 황태자 다음으로 황위 계승권이 있었고, 하르페니언이 황제가 된 후 후사를 보지 못하면 당연히 그가 황태자 위에 오를 터였다.

어차피 지금 하르페니언이 황제 위로 오를 때까지는 시간이 남았다. 아무리 영웅이니 뭐니 해도 제대로 나랏일에 뛰어든 것은 겨우 3여 년. 세력을 제대로 다지고 나라를 다스리는 일을 익히는 등 황제에 오르기 전까지 할 일은 정신없이 많았다. 다행히 황제도 정정해 양위를 서두르지 않아도 되었다.

그러니 걱정 말라고. 아이가 생기지 않으면 않는 대로 둘이 함께 늙어가자고. 그는 그렇게 말해줬다.

물론 말처럼 쉽지 않으리라는 건 안다. 다들 영웅과 성녀 사이에서 태어날 아이를 고대하고 있었다.

그럼에도, 그렇게 말해준 하르페니언이 너무나도 좋아서.

그래서 수아도 최대한 마음을 비우려고 하고 있었다. 하지만 가끔씩 이렇게 이야기가 돌 때마다 팍 내려앉는 기분은 어쩔 수 없었다. 나름대로 친한 부인들마저 저런 소리가 튀어나올 정도라면 수아가 없는 곳에서는 아마 눈덩이처럼 커다란 이야기들이 굴러다닐 터였다.

아냐, 그만 생각하자. 어차피 어쩔 수 없는 일…….

순간 눈앞이 핑 돌았다. 의자에 앉아 있던 수아는 당황하여 얼른 의자 손잡이를 잡았다. 다행히 고꾸라지진 않았지만, 몸을 제대로 가눌 수가 없었다. 수아는 간신히 의자 등받이에 몸을 기댄 후 숨을 내쉬었다.

잠시 후, 현기증은 완전히 사라졌다. 하지만 놀란 가슴까지는 진정되지 않았다. 이런 적은 한 번도 없었는데?

겨우 한 번의 현기증으로 너무 호들갑이 아닌가 싶었지만, 그래도 혹시 몰랐다. 수아는 잠깐 고민하다가 신관을 부르기로 결정했다.

꧁꧂

"축하드립니다!"

"응?"

"한 달 되셨어요!"

수아는 몇 번이나 눈을 깜박이며 눈앞에 있는 신관을 바라보았다. 한때 그녀를 치료했던 인연으로 결국 황궁에 들어와 고위 신관이 된 라이나는 감격한 표정으로 수아를 바라보고 있었다.

한 달? 설마 병에 걸려 그 정도만 수명이 남았다는 소린 아니겠지. 아냐, 그럼 축하한다고 할 리가 없다. 어…… 설마 신의 곁으로 빨리 가게 된다는 의미로 축하한다는 건가?

수아는 그런 말도 안 되는 생각을 하다가, 라이나의 다음 말에 살짝 입을 벌렸다.

"회임하셨습니다!"

그 소리에 절로 자신의 배로 시선이 간다. 회임이라면…… 아기?

그녀는 저도 모르게 자신의 배 위에 손을 얹었다. 그러니까, 아직 부풀지 않은 이 배 안에 하르페니언과 그녀의 아이가 있다는 소리였다.

"그러니까……."

"두 분의 아기님이 계십니다."

수아는 다시 말을 잃었다. 그것도 한 명이 아니라 두 명.

쌍둥이.

한동안 잊고 살았던 동생들이 생각났다.

멍했다. 신관을 부르기 전까지만 해도 후사가 없다는 이야기에 기분이 상했던 참 아니었던가. 그런데 벌써 아기는 배 속에 있었던 것이다. 그것도 한 달이나 전부터.

"정말 축하드려요! 나라의 경사입니다! 곧바로 황제 폐하와 황태자 전하께 이 사실을 바로 알리겠습니다!"

"어…… 아니."

감격에 젖은 신관의 얼굴을 보며, 수아가 고개를 저었다.

"아직 알리지 마."

"네?"

그 순간 라이나의 표정에 갖은 감정들이 다 나타났다. 그 표정 앞에서, 수아는 저도 모르게 픗 웃었다.

"최소한 황태자 전하께는, 내가 먼저 이야기하고 싶어. 지금 라이나가 다른 곳에 알리면 먼저 귀에 들어갈 테니까."

도대체 무슨 생각을 했던지, 그 소리에 라이나는 눈에 띄게 안도했다.

"아! 그렇고말고요. 당연히 직접 알리셔야죠, 네."

"응……. 잠깐, 내일 아침 정도까지만 참아줘."

라이나는 빙긋 웃으며 고개를 숙였다.

"기꺼이 명 받들겠습니다, 황태자비마마."

ᄋᆞᆯᄋᆞᆯ ᄋᆞᆯᄋᆞᆯ

도대체 뭐라고 알려야 할지 감도 잡히지 않았다. 수아는 안절부절못하며 하르페니언이 빨리 돌아오기를 기다리다가, 곧 오늘은 저녁을 먹고 밤중에 돌아올 거라고 한 말을 떠올렸다.

아, 뭐야.

수아는 김이 빠져 의자에 다시 앉았다가, 다음 순간 다시 일어났다.

그러고 보니 뭐라고 말하지? 아이를 가졌어요? 쌍둥이래요? 그럼 그는 어떻게 반응할까?

솔직히 실감이 나지 않았다. 이 안에 하르페니언과 그녀의 아이가, 새 생명이 자라고 있다니. 그녀가 엄마가 된다고?

그니까 내가…… 아이를 가진 게 맞긴 한가? 그러니까 내 아기가…….

수아는 그런 생각을 떠올렸다가 피식 웃었다.

그럼 내 배 속에 있는 아이가 내 아이지, 누구 아이겠는가.

그녀는 진정하려고 노력하면서, 일단 저녁을 챙겨 먹기로 했다. 하지만 식당에 화려하게 차려진 음식 중 수프를 한 입 먹는 순간, 역한 기운이 확 올라왔다.

"욱."

다른 음식들도 마찬가지였다. 삼키기조차 힘들었다. 결국 수아는 모든 음식들에 입만 댄 수준인 채로 식사를 물렸다.

가만히 떠올려 보니 오늘만이 아니었다. 요즘 음식을 남기는 경우가 꽤 많았다. 요즘은 평소에 그렇게도 좋아하는 카티차도 별로 입에 맞지 않았고, 먹음직스러운 고기든 생선이든 한 입 먹는 순간 비린내와 누린내가 확 올라오는 걸 느낀 적도 있었다.

그저 여름이라 입맛이 없는 건 줄 알았는데, 설마 입덧이었다니.

수아는 다시 침실로 돌아와서도 안절부절못하며 계속 창밖을 보다가, 그래도 그가 오기로 한 시간이 아직 멀었다는 걸 알고는 좀 진정하기로 했다. 그래, 이러는 건 더 몸에 안 좋을 거야. 일단 씻고, 자고……. 그가 돌아오면 분명 한 번은 깰 테니까 그때 이야기해야지.

그렇게 마음을 먹으니 움직이는 건 빨랐다. 그리고 도저히 잠이 오지 않을 거라는 생각과 달리, 침대에 누운 지 얼마 되지 않아 순식간에 잠으로 빨려 들어갔다.

눈앞에 금색 눈동자가 있었다. 수아는 깜짝 놀라 몸을 반 정도 일으켰다.

"수아?"

"아, 알……. 언제 왔어요?"

"조금 됐어. 좋지 않은 꿈이라도 꾼 건가? 심하게 놀라는군."

어느새 하르페니언이 돌아와 있었다. 그는 이미 가벼운 옷으로 갈아입은 뒤 그녀의 옆에 누워 있었다. 그는 다정하게 수아의 머리를 쓰다듬어주며 그녀를 다시 침대로 눕게 도와주었다.

"오늘은 저녁을 거의 들지 않았다고 하던데. 더구나 신관까지 왔다고? 몸이라도 좋지 않나."

세 번째 약혼식으로부터 3년. 서른이 된 하르페니언은 처음 만났을 때의 모습과 거의 변하지 않았다. 여러모로 심적인 여유가 생겨서인지 오히려 그때보다 더 젊어 보이는 때마저 있었다.

그리고 수아를 챙기는 것도 마찬가지였다. 식사를 제대로 하지 않았다는 것은 물론, 어느새 신관이 다녀간 것까지 알고 있었다. 만약 이렇게 늦지 않은 시간이었다면 분명 신관에게도 사람을 보내 무슨 일인지 알아봤을 것이다. 수아는 오늘 하르페니언이 늦은 게 차라리 다행이라고 생각하며 고개를 저었다.

"아뇨, 병이 있는 건 아니에요."

수아는 다시 침대에서 몸을 일으켰다. 그 바람에 하르페니언도 따라 침대에서 몸을 일으키게 됐다.

"단지, 여름이 지나면 잠깐 여행을 가기로 했었잖아요? 그거 무리일 것 같아요."

그 소리에 하르페니언의 표정이 심각해졌다.

간신히 일주일을 통으로 뺀 시간이었다. 며칠 전까지만 해도 그 여행을 기대하고 또 기대하던 수아였다. 무엇을 할까, 어디를 갈까, 어떤 음식을 먹을까 신나서 재잘거렸다. 그런데 갑자기?

"아픈 것이 아니라면…… 무슨 일이 있나?"

"호위를 따로 두지 않고, 그냥 둘만 여행가기로 했었잖아요. 말을 타고요."

"그래."

"그런데 아무래도 인원이 늘어날 것 같아서…… 그 계획은 힘들지 않을까 하고요."

하르페니언은 무슨 소리인지 알 수 없다는 표정이었다. 하긴 이 정도의 말로 알아듣길 원하는 건 너무하긴 하다. 그러나 아기가 있다는 소리를 곧바로 하는 게 어쩐지 부끄러워, 어쩐지 이야기를 계속 돌리게 된다.

"두 명이 더 늘어날 것 같아요."

"두 명? 수아, 도대체 무슨 말을……."

결국 하르페니언이 해석한 것은 전혀 다른 뜻이었다.

"그 둘이 누구인지는 몰라도…… 이번에는 원래부터 둘의 여행이었으니, 그 두 사람과의 일정은 조금 나중으로 미루면 안 되는 건가?"

"음, 그건 좀 힘들 것 같아요."

"수아?"

그녀는 진심으로 곤란해하는 표정으로 그렇게 말했고, 하르페니언은 그 소리에 자신의 안색이 바뀌는 걸 느꼈다.

이제까지 수아에게 있어 가장 1순위는 하르페니언 그 자신이었다. 몇 년간 그는 그걸 확실히 느끼고 있었다. 최고로 사랑하고, 사랑받고 있다는 자신이 있었다. 그런데 갑자기 그 사이에 다른 사람이 끼어들게 된 것이다. 그것도 두 명이나.

"누구지?"

목소리가 딱딱하게 굳는다. 하르페니언은 저도 모르게 수아의 어깨를 붙잡았다.

"그 두 사람."

수아의 눈이 잠깐 동그래졌다. 아무래도 뭔가 오해한 것이 틀림없었다. 하긴, 셋이라고 해도 알아듣기 힘들 판에 갑자기 넷이라니. 수아는 반성하며 얼른 덧붙였다.

"아, 그게……. 저도 정확히는 모르는데, 일단 지금 이 자리에도 있어요."

"뭐?"

"그러니까…… 음."

수아는 자신의 어깨를 잡고 있는 그의 손 중 하나를 잡아, 자신의 아랫배 위에 올렸다.

"여기요."

잠깐, 하르페니언의 표정이 누군가가 한 대 친 것처럼 바뀌었다. 그는 수아의 얼굴과 자신의 손이 올라가 있는 그녀의 배를 몇 번이고 번갈아 바라보았다.

"여기……라는 건."

"아직 한 달 됐고, 쌍둥이래요."

수아가 간신히 쐐기를 박았다.

"계획했던 건 같이 말을 타고 가자는 거였잖아요. 그런데 임신 중에 말을 타는 건 무리일 테니, 아무래도 그건 힘들 거 같아서요."

하르페니언은 여전히 넋이 빠진 표정이었다.

"그러니까 지금……."

"그러니까, 아기요."

그는 다시 말을 잃었다. 수아도 더 말을 시키지 않고 얌전히 그의 다음 반응을 기다렸다. 하르페니언은 제법 길게 아무 말도 하지 않고 그대로 굳어 있었다. 그러다, 간신히 입을 연다.

"내…… 아인가?"

"네?"

"그……."

그러더니 퍼뜩 정신을 차린 듯이 말했다.

"아니! 다른 남자 이야기가 아니야. 그대가 외도했다는 게 아니라, 그냥 나는 내가…… 아이를……. 아버지라는 게……."

처음에 급하게 시작했던 말끝이 점점 흐려진다. 수아는 그 허둥지둥 당황하는 모습에 풋, 웃음을 터트렸다.

"무슨 뜻으로 한 말인지는 알아요. 저도 처음 소식을 듣고 생각한 게, 정말 내가 아이를 가진 건가 했던 거였어요."

"수아."

"그런데 맞는 거…… 같더라고요. 음, 솔직히 저도 완전히 실감은 안 나지만."

수아는 아직도 자신의 배 위에 얹어져 있는 하르페니언의 손 위로, 자신의 두 손을 얹었다.

"여기, 저와 알의 아기가 있대요. 우리 아이요."

하르페니언의 시선이 다시 그녀의 배 위로 옮겨갔다. 그리고 그제야, 간신히 둘의 아이가 생겼다는 것을 깨달은 것 같았다.

"맙소사."

그의 얼굴에 천천히 미소가 어린다.

"믿어지지 않아."

"저도요."

"그대가 어머니가 되는 거군."

"알은 아빠가 되고요."

하르페니언과 수아의 시선이 마주쳤다. 그의 금안이 기쁨을 가득 담아 그를 보고 있었다. 그러다 이내 그 황금빛이 일그러지는가 싶더니 곧 넘쳐흐르기 시작했다.

"알."

수아는 눈물을 흘리기 시작하는 그를, 자신의 품 안으로 끌어당겼다. 동시에 그녀 또한 눈가가 시큰해졌다.

원래대로라면, 둘은 만나지도 못한 채 각자의 삶을 살아갔을 것이다.

아칸도르 제국의 황태자.

한국에 사는 평범한 여자.

단지 이쪽의 세계가 불완전했기에, 힘이 필요했기에, 다른 세계에서 그 힘을 빌렸기에, 그러한 힘이 열쇠라는 모양으로 나타났기에, 그 열쇠가 바로 사람이었기에, 또 그 열쇠로 수아를 지정해준 이가 있었기에……

그러하기에 수아는 이쪽으로 올 수 있었다. 하르페니언과 만날 수 있었다. 만약 그의 어머니가 세계를 구하겠느냐는 물음에 고개를 끄덕였다면, 나중에 아들을 포기했다면, 황제가 더 견디지 못하고 그의 아들을 선택하는 쪽을 택했다면, 하르페니언이 그 세월을 버티며 살아가지 못했다면, 마지막에 그녀의 목숨 대신 자신의 목숨을 선택했다면…….

단 하나라도 엇나갔더라면, 둘은 결코 지금 이곳에 있지 못했으리라. 하지만 둘은 만났고, 사랑을 했으며, 그 사이에서 새로운 가족이 생겼다.

"고마워, 수아. 고마워……."

수아는 하르페니언의 그 말을 들으며 울며 웃었다. 그녀는 한 번 가족 대신 자신의 연인을 택했다. 그리고 그 연인은, 다시 가족을 그녀에게 만들어주었다. 하르페니언도 마찬가지였다. 그는 결코 자신이 미래를 가질 수 있다고는 생각해본 적이 없었다. 그러던 그의 손을 수아가 잡아주었다. 그리고…….

행복했다. 이 이상 더 어찌할 수 없을 정도로.

서로의 체온이, 심장 소리가 느껴졌다.

그리고 그 사이에는, 모두 네 개의 심장이 있었다.

⊱✿⊰

황태자비의 회임 소식은 전 제국을 타고 돌았다. 사람들은 열광했고, 전국의 술집은 술을 무료로 풀었다.

다른 나라에서는 쉴 새 없이 축하 사절이 왔으며 황태자궁에는 산더미 같은 축하 선물이 쌓였다. 황제는 벌써부터 아이들에게 어떤 궁을 하사할지 논의하며 황태자비의 수발을 들 다섯 명의 시녀를 새로이 보냈다. 모두 출산 경험이 있는 이들이었다. 리노체스 부인은 하르페니언이 저주를 풀고 돌아왔을 때만큼이나 펑펑 울었으며, 루펜은 평소의 침착함을 찾아볼 수 없는 태도로 임산부들에게 좋다는 약재를 가득 구해 왔다.

하필 다른 나라에 사신으로 가 있던 카르니언은 이제까지 없던 속도로 일을 마치고 엄청난 기세로 귀환했다. 마침 교역 관련으로 갔던 터라 아이들이 가지고 놀 수 있는 드워프제 장난감을 잔뜩 사 든 채였다.

플로나도 이번만은 황태자궁으로 곧바로 달려왔으며 아이린도 이것저것 선물을 들고 알현을 요청했다.

그리고 하르페니언은 황태자 일이고 뭐고 다 때려치우고 궁에 틀어박히려는 시도를 하다 수아의 만류와 황제의 채근에 어쩔 수 없이 그 계획을 포기해야 했다. 대신 신관을 닦달하여 최소 하루 세 번은 수아의 몸 상태를 체크하게 했을뿐더러, 어쩔 수 없는 경우가 아니면 하루 두 번씩 황태자궁에 들렀다. 그 과정에서 실바코프가 열심히 부려먹혔다는 것은 더 말할 것도 없었다.

아이를 가진 수아에게 나타나는 증상은 크게 두 가지였는데, 하나는 잠이 확연히 늘었다는 것이고 다른 하나는 대부분의 음식이

역해졌다는 것이었다. 전자는 별로 문제될 건 없었다. 잠이야 자면 되고, 오히려 자는 만큼 체력을 회복하고 아이들을 안정시키게 될 테니까. 문제는 후자였는데 별별 음식을 다 가져와도 몇 입 먹지 못하는 수아 때문에 하르페니언까지 바싹바싹 말라갔다. 그나마 물이나 차 종류는 어찌어찌 목구멍을 넘길 수 있어, 온갖 약재를 달인 물이 차와 물 대신 들어갔다.

그렇게 폭풍과 같은 입덧이 끝나자 서서히 식욕이 돌기 시작했다. 가장 처음으로 먹고 싶어 한 것은 카르니언이 수아가 회궁에 있을 때 만들어준 회심작이라는 수프였다. 카르니언은 신이나 달려왔고 임신 사실을 안 뒤 처음으로 한 그릇을 모두 비운 수아의 모습에 하르페니언은 간신히 안도의 숨을 내쉬었다.

하지만 거기서 끝이 아니었다. 수아의 고향은 이곳이 아니고, 그 뒤 그녀가 먹고 싶어 하는 건 대부분 그녀의 고향 음식이었다. 요리사들은 수아의 맛 묘사에 머리를 맞대며 고민했고, 이내 온갖 음식이 만들어지기 시작했다. 어디 저 멀리 나라에서 자라던 쌀 비슷한 것을 구해 이제까지 먹지 않았던 해초를 가지고 김 비슷한 걸 만들어 「김밥」을 말고, 매운맛을 나는 향초를 구해 거기에 꿀을 넣고 쌀 비슷한 것에 녹말을 넣고 뭉치고 쪄 「떡볶이」를 조리하고, 여기서는 달걀을 낳는 퀸이 저쪽의 닭과는 고기 맛이 꽤 달라 토끼고기를 써서 밀가루에 양념을 하고 반죽한 후 튀겨 「프라이드치킨」을 만들고, 거기에 다시 향초에 꿀을 넣어

「양념치킨」을 만들어보고, 수많은 생선 말린 것을 끓여 국물을 내본 후 가장 비슷한 생선으로 「북엇국」을 끓이고……. 요리 하나에 적게는 서너 가지, 적게는 열두어 가지 버전이 나오면 그중 가장 수아가 마음에 들어 하는 걸 개량하고 또 개량했다. 수아도 그 과정이 복잡할 것을 뻔히 알기 때문에 가급적 먹고 만족하려고 노력했지만, 어느 순간 왜 먹고 싶은 음식 하나도 제대로 먹지 못하나 싶어 서러움에 눈물이 나기도 했다.

하르페니언은 실바코프에게 혹시나 수아의 세계에서 음식을 가져다줄 수 없느냐고도 물었다. 그러나 멋대로 차원과 차원 사이에서 뭔가를 가져오는 게 상당히 곤란한 모양이었다. 더구나 실바코프가 한 번도 가보지 않은 차원은 시간대를 지정하는 것도 애매한 것 같아, 결국 이쪽으로는 실바코프의 도움을 얻을 수 없었다.

때때로 이곳에 있는 음식을 먹고 싶어 하기도 했다. 대부분 카르니언의 음식이나 하르페니언과 다니면서 먹은 음식이었다. 전자는 카르니언이 기뻐하며 기꺼이 팔을 걷어붙였고, 후자의 경우 하르페니언은 자신이 무언가를 할 수 있다는 것에 안도하면서 곧바로 그 음식을 구해 왔다. 노점에서 먹었던 꼬치라든지 어느 디저트 가게에서 먹었던 초콜릿 케이크 등 난이도가 쉬운 편의 음식은 물론, 시즌 한정 메뉴나 없어진 식당의 음식도 어떤 수를 써서라도 수아의 앞에 놓았다.

"후아. 잘 먹었다."

요즘 그녀가 한참 빠져 있는 것은 다행히도 과일이었다. 복숭아와 자두 중간의 맛이 나는 레이탄이라는 과일은 새콤달콤한 맛이 수아의 입맛을 완전히 사로잡은 모양이었다. 다행히 제철이기도 하다 보니 그것만은 정말 원하는 것 이상으로 산처럼 쌓아줄 수 있었다.

"더 먹지."

"많이 먹었어요."

입덧을 할 때는 그렇지 않아도 작은 몸이 더 말라 하르페니언을 안절부절못하게 하더니, 다행히 입덧이 끝난 후에는 주변 사람의 눈물겨운 음식 투쟁기와 함께 점점 살이 붙었다. 지금은 거의 임신 전으로 되돌아왔다.

수아는 그렇게 말하면서도 레이탄을 한 게 더 집어 입으로 가져가면서 작게 한숨을 내쉬었다.

"저 때문에 다들 고생이 많았어요."

"그대 덕에 다들 이것저것 신기한 음식을 맛봤잖나."

"딱 하루만 제 세계로 가봤으면 좋겠더라니까요. 다들 고생하는데 저는 그 맛이 아니고, 미안하긴 한데 괜히 서럽고……. 그러는 중에도 비슷한 맛의 음식이 나오면 얼마나 신기하던지."

수아가 요구한 것 중에서 기대도 하지 않았는데 상당히 실제 음식과 유사하게 만들어진 것은 「피자」였다. 이제까지 몰랐지만 모차렐라 치즈 비슷하게 만드는 기술이 어느 지방에 있었던 모양이었다. 「김밥」도 나쁘지 않았고 그 외에 「불고기」나 「제육볶음」 같은 것도 괜찮았다. 반면 아무리 해도 「떡볶이」처럼 그 맛이 제대로 나지 않는 것이 꽤 있었다.

"그래도 아쉬워요. 알에게도 꼭 [한국] 음식을 먹여주고 싶은데."

그리고 그 사이에서 카르니언은 엉뚱하게 숙원을 이뤘는데, 하르페니언이 그중에서 좋아하는 음식을 찾았기 때문이다. 매콤달콤, 그러니까 고추장 소스를 쓰는 음식들. 물론 완전히 고추장의 그 맛을 재현하는 건 불가능했지만, 이제까지 이곳의 매운 음식은 향신료를 써 톡 쏘는 맛을 내는 것이 다였다. 하지만 거기에 꿀을 넣고 다른 양념을 섞어 달짝지근한 매운맛을 내는 건 없었다. 수아가 보기에는 상당히 어설펐지만 그래도 어느 정도는 비슷한 맛을 냈고, 그건 하르페니언의 입에 꽤 맞는 듯했다.

그래서 좀 아쉬웠다. 한국에는 고추장을 기본으로 하는 수많은 음식이 있는데.

"글쎄, 시간이 지나면 아마 여기서도 먹을 수 있게 되지 않을까."

"네?"

"그대 덕에 요리산업 쪽이 엄청나게 발달할 것 같거든."

그 말에 수아는 먹던 과일도 잊어버리고 살짝 입을 벌렸다.

"요리하는 사람들 입장에선 이번처럼 지원이 파격적인 때는 처음일걸. 더구나 그 선두에 황자인 카르니언이 있으니, 이번 같은 큰 기회는 또 없을 거야."

확실히 요즘 카르니언의 얼굴이 핀 것 같긴 했다. 하르페니언은 그런 수아의 어깨를 부드럽게 감싸며 말했다.

"다행이야. 기운을 찾아서. 정말 한때는……."

"에이, 입덧이야 대부분 하는 건데요, 뭘."

수아도 웃으며 그의 어깨에 고개를 기댔다.

벌써 임신 후 반년이 지났다. 이제는 제법 배가 부른 것이 보였다.

"아들일까요, 딸일까요?"

"난 그대를 닮은 딸이었으면 싶은데."

"전 하르페니언 닮은 아들이 좋아요. 후계자도 필요하고……."

이 세계에서는 임신을 확인하면서 몇 명인 것까진 알 수 있어도, 낳을 때까지 성별 확인은 불가능하다고 했다. 하긴 초음파 기계가 있는 것도 아니니 몇 명이라는 것을 아는 것만으로도 충분히 신기했다.

"하긴, 성별이 무슨 상관이겠어요. 건강하기만 하면 좋을 것 같아요."

"그래. 그리고 그대도."

"저는 괜찮…… 어? 앗! 지금 움직였어요."

하르페니언은 급히 수아의 배에 손을 가져다 댔지만, 평소와 전혀 다를 바가 없었다.

"으…… 그사이에."

"혹시 사람을 가리는 건가."

하르페니언이 진심으로 한숨을 쉬었다. 아무리 그가 수아 옆에 계속해서 붙어 있는 것이 아니라지만, 여태껏 한 번도 태동을 느껴보지 못했다. 그녀가 급하게 이야기를 해 손을 가져다 대면 순식간에 사라져버리는 것이다.

"설마요."

"그렇지만…… 음?"

갑자기 무언가가 움직였다. 그녀의 배 위에 있는 그의 손에 확실히 그 감각이 느껴졌다. 하지만 그 움직임은 나타난 만큼이나 순식간에 사라진다.

"지금……."

"움직였어요! 알도 느꼈죠."

그는 멍하니 자신의 손과 수아의 배를 바라보았다. 그러다 이내 활짝 웃었다.

"그래. 확실히."

수아는 그 표정에 눈이 동그래졌다. 하르페니언의 감정 표현이 많이 늘었다고는 생각했지만 저렇게 크게 웃는 표정이 자주 나타나는 건 아니었다. 하지만 분명, 지금 표정은 어디서…….

아.

여동생을 향해 웃던.

실바코프가 보여줬던 있을 수 없는 미래에서, 분명 본 적이 있었다. 당시 그녀는 저 사람이 정말 하르페니언이 맞나, 저렇게 웃을 수 있는 사람이었나 하고 멍하니 생각했던 적이 있었다.

하지만 지금 그가 그렇게 웃고 있었다.

"아직 굉장히 조그맣겠지만, 확실히 이 안에 있군."

하르페니언은 더 이상 행복할 수는 없다는 표정으로 그렇게 말했고, 잠깐 그의 얼굴을 보던 수아도 이내 활짝 미소 지었다.

완전히 길이 갈렸다고 생각했던 그 미래가, 그 행복이 이제는 그들 사이에 있었다.

ᴐᴈ ᴃ∼

원력 230년, 연두 봄 첫째 달, 5일.

초봄의 꽃이 피어오르던 때, 황태자비는 무사히 두 아이를 출산했다. 검은 머리칼과 황금빛 눈동자, 아버지를 쏙 빼닮은 황녀와 하나와 금색 머리칼과 검은 눈동자를 지닌 황자가 태어났다.

황태자비는 18시간이라는 상당히 긴 진통을 겪었는데, 그동안 황태자는 잠 한숨 자지 않고 물 한 모금 먹지 않은 채 내내 아내의 곁을 지켰다.

황태자비는 고통 속에서도 옆에서 손을 지어주는 남편의 모습에 드문드문 미소 지을 수 있었다.

마침내 힘찬 울음소리를 내며 태어난 아이들을 품 안에 안은 황태자비 부부는 한동안 말을 잇지 못했다. 작지만 심장이 뛰고 있는, 꼬물꼬물 손가락과 발가락을 움직이는 그 모습에 눈물을 흘리지 않으려 하는 것이 최선이었다.

황태자가 황태자비를 부드럽게 감싸 안으며 가볍게 그녀의 뺨에 입을 맞췄다. 황태자비 또한 그의 검은 머리칼을 부드럽게 쓰다듬었다.

이 순간을 굳이 무어라고 표현하지 않아도 어떤 의미가 있는지 서로 모를 리가 없었다.

하르페니언과 수아는 계속 함께 걸어 나갈 것이다. 길의 끝에 닿기 위해서가 아닌 그 자체를 즐기며. 처음과 같이, 서로가 서로에게 빛이 되고 함께 행복에 젖으며.

그리고 그 옆에는 서로가 있다는 것 또한 변함이 없을 터였다.

영원히.

외전 마침.

케얄
Postscript

후기

『메마른 빛, 이슬 한 방울』이 완결되었습니다.

후기를 쓰는 지금까지도 아직 완결되었다는 실감이 나지 않습니다. 이제까지 읽어주셔서 감사합니다. 읽어주시는 분들이 없었더라면 끝까지 오지 못했을 거예요. 느릿느릿, 미숙한 글임에도 끝까지 응원해주시고 읽어주셔서 정말 감사합니다.

『메마른 빛, 이슬 한 방울』, 이하 메빛은 제 첫 장편 완결이자 데뷔작입니다. 첫 문장을 쓸 때는 이렇게 지면에서 인사를 드리면서 완결을 낼 수 있을 거라고는 상상도 못 했어요.

한 권 한 권 책을 내면서, 정말 나름대로는 최선을 다했습니다.

나중에 옛 작품을 다시 펴볼 때, 비록 그 미숙함에 얼굴이 홧홧해지더라도 당시에는 정말 열심히 썼다고 자신할 수 있게 하라는 말이 가슴에 박혔기 때문이에요. 물론 원고가 제 손을 떠나는 그 순간부터 아쉬운 부분은 계속 나오지만, 그래도 메빛이 정말 노력해서 쓴 작품이라고 말할 수 있어 기쁩니다. 또한 메빛을 쓰는 동안 정말 많은 일이 있었기에, 제 인생의 한 부분을 함께한 작품이라고 감히 말할 수 있을 것 같아요.

처음 이야기를 구상할 때, 마지막 순간에 대한 제 이미지는 하르페니언이 해가 뜨는 언덕 위에서 햇살을 받으며, 달려오는 수아를 바라보면서 미소를 짓는 장면이었어요. 그래서 6권 「완결」역시 그곳에서 끝이 납니다.

그러다가 아직 풀리지 않은 수아의 선택이나 뒷이야기를 간단히 쓰려고 했는데, 어라라? 양이…… 원래는 6권 뒤에 모두 넣으려고 했던 이야기가 증식하는 바람에, 결국 별책으로 나누게된 것이 에필로그집입니다. 나비노블 편집부와 기자님께도 많은 폐를 끼쳤습니다……ㅠㅠ. 하긴 처음 메빛이 3권으로 완결 지을수 있다고 생각한 것부터가 문제였을지도요.

그래도 쓰고 싶은 이야기는 모두 쓴 것 같아요.

조금 여담이지만, 저는 별명이 오타 제조기, 오타 대마왕 등등일 정도로 오타를 참 많이 내는데요. 분명 모두 보고 넘겼다는 원고에서 뭔가 한국어 번역서가 필요할 정도로 많은…… 오타가 발견된 시점에서 머리를 움켜잡았던 기억이 납니다. 오타 모음집을 부록으로 넣어야 하는 게 아니냐는 의견도 있었습니다(……).

소년 소녀, 그 그녀가 바뀐 성별 전환 오타는 너무 흔하고, 「닮려나갔다(달려나갔다)」같은 사소한 오타부터 「뺨에 손을 대며(손을 뺨에 대어야 하는데 반대로……)」처럼 완전 분위기가 달라지는 오타, 「카르니언이 무리에서 이것저것(카르니언이 무리해서 이것저것)」처럼 카르니언을 무슨 부족장같이 만든 오타, 카르페니언이라든지 하르니페니언이라든지 수이라든지 하는 퓨전과 국적불명의 이름 오타……. 출판 전에 출판사 분들과 함께 읽고읽고 또 읽지만, 그래도 혹시 발견하셨다면…… 저의 흔적이라고 생각해주시면 됩니다……ㅠㅠ

여기까지 오는 동안 많은 분들께 폐를 끼치고 도움 또한 많이 받았습니다.

이야기의 처음을 같이 해주고 이것저것 이야기를 준 수수 언니, 함께 고민해주고 구박해주고 격려해준 M양, 여러모로 비문이 많은 문장과 오타투성이의 글을 잘 다듬어주신 교정자님, 이리저리 고민하는 저를 잘 잡아주신 나비노블 기자님들, 제 글에

과분한 디자인과 그림으로 빛을 입혀주신 니시님(글이 막힐 때마다 보고보고 또 봤습니다!),

그리고 무엇보다도 끝까지 함께 해주시고 읽어주신 독자님. 독자님들이 없었다면 이야기는 결코 완결이 나지 않았을 거예요. 끝까지 쓰게 해주셔서 정말로 감사합니다.

다른 작품에서도 계속 뵈면 기쁠 것 같아요.

감사합니다!

2016년 8월 케얄

니시
Postscript

안녕하세요. 『메마른 빛, 이슬 한 방울』의 삽화를 작업했던 니시입니다.

이미 5권 표지 분위기에서도 눈치채셨을 거라 생각하지만, 케얄님과 함께 3년간 달려왔던 메빛이 드디어 완결을 맺었습니다.

먼저, 케얄 작가님. 너무 축하드려요! 오랫동안 고생 많으셨어요! 이야기가 진행될수록 케얄님 의도와는 다르게 점점 권수가 늘어갔기 때문에 5권 작업을 시작할 때, 6권이 완결이란 이야기를 들었지만 어쩌면 완결이 아닐지도 모른다는 생각을 했었습니다……만, 정말로 마지막 이야기였네요.

이제야 알 얼굴의 저주문양을 빠뜨리지 않게 됐는데 말이에요.

수아도, 알도 언제나 검은 계열의 옷만 입다가 표지부터 하얀 옷들 잔뜩이라 어쩐지 어색한 기분도 들었네요.

1, 2권 표지를 꺼내보니 정말 대조되는 분위기라서 정말로 이야기가 끝이 났다는 사실을 알려주는 것 같아요.

하지만 둘이 행복한 결말이라 정말 다행이라고 생각하고 있습니다.

그간 여러모로 애먹였던 출판사 여러분께도 죄송하고 감사한 나날들이었습니다.

그리고 마지막까지 고생시키고 있네요.(~현재진행형)

언제나 진심으로 감사하고 있습니다.

마지막으로 헛된 희망 한마디 외쳐보고 글 정리하겠습니다.

작가님, 실바코프 이야기도 더 읽고 싶어요. 아, 아니 그렇다구요.

2016년 8월 니시

메마른
빛 아슬한 방울